御曹司社長の独占愛は甘すぎる

金坂理衣子

幻冬舎ルチル文庫

CONTENTS ✦目次✦

御曹司社長の独占愛は甘すぎる

✦カバーデザイン＝久保宏夏（comochi design）
✦ブックデザイン＝まるか工房

イラスト・鈴倉 温✦

御曹司社長の独占愛は甘すぎる

『ギャラリー薄明《はくめい》』は、大塀造《だいべいづくり》の古めかしくも立派な壁に囲まれた京町家風の古民家を改装したレンタルギャラリーだ。

貸出期間中だけ立て看板を出すのだが、それがなければ普通の民家にしか見えないだろう。外観は和風だが、門を抜けて小さな中庭を横目に玄関の引き戸をくぐると、様子が一変する。白い漆喰《しっくい》の壁の下の部分は水色のタイルで飾られ、明かり取りの小窓には青に紫に緑と、とりどりのステンドグラスがはめ込まれている。黒光りする楢《なら》の木の上がり框《かまち》で靴を脱いで上がれば、そこには両開きのマホガニーの大きな洋風の扉が。

その扉の向こうは、白い壁に板張りの床。

庭に面した窓は床から天井まであり、横の小窓には斜め格子のおしゃれな出窓、と和風モダンな造りになっている。

そんな静謐《せいひつ》さが似合う空間に、今はドタバタと慌ただしく人が出入りしていた。

ギャラリー横の搬入用駐車場には、緑色の幌《ほろ》がかかった一トントラックが駐《と》まっているが、その荷台の中は残暑厳しい九月の日差しを受けて蒸し風呂のようだ。

「暑《あち》い……」

口に出す気はなくても「暑い」という言葉が漏れる。そんな事態にげんなりしつつ、森宮《もりみや》錬《れん》は額《ひたい》をつたう汗を腕で拭《ぬぐ》う。

早く荷物をおろしてここから出ないと、熱中症になりそうだ。幌の支柱にくくりつけてある梱包されたキャンバスの紐《ひも》を解き、後方へと押し出す。

普段、物流倉庫でアルバイトをしている錬にとっては、大きくとも薄いキャンバスの扱いなんて軽いもの。とはいえ、丹精込めて描いた絵が破損しないよう、細心の注意を払わなければならない。

一抱えはある大きなFサイズ六十号のキャンバスをトラックの荷台からおろし、慎重に室内へと運び込む。

室内では、出展仲間がそれぞれに作品の梱包を解いたり壁に飾ったり、と展示の準備に追われている。

明日からここで、新野《あらの》美術大学ＯＢＯＧの有志五人による作品展、『吹きだまり展』が開催されるのだ。

今回の作品展は洋画と日本画と立体造形、とジャンル違いだが仲のよい仲間が集まってのグループ展で、全員が二十代。

そんな中、一人だけ三十代後半くらいの落ち着いた雰囲気の男性は、このギャラリーのオーナーの城ノ内隆仁《じょうのうちたかひと》だ。

サイドに僅《わず》かに白髪《しらが》はあるが豊かで艶《つや》がある髪は、このまま白髪になってもロマンスグレーで素敵だろう。

中年太りなんてみじんも感じさせないしなやかな腰つきや、めくりあげたシャツから覗《のぞ》く筋張った腕も男らしくて魅力的だ。長机を運ぶ手の甲に現れる筋も格好いい。

――こういうのを、男の色気って言うんだろうな。

靴を脱ぐのに重いキャンバスをいったん床に置いた錬が思わず見とれていると、視線を感じたのか隆仁がこちらを振り向いた。

「錬くん、これはどこへ置けばいいのかな？」

「あ、入り口の壁際に置いてもらえば。って、手伝ってもらってごめんねー」

レンタルギャラリーにもいろいろあって、スタッフが搬入から運営まで担ってくれるところもあるが、ここは客に場所を提供するだけのギャラリーで、その分格安。

だからオーナーである隆仁が手伝う義理はないのに、手が空いているからと手伝ってくれる。

いい人だなーと微笑《ほほえ》めば、額に浮かんだ汗をハンカチで拭っていた隆仁は、ふんわりと優しい笑顔を返してくれる。

冷房は入っているが、扉を開け放って搬入をしているのであまり効果がなく蒸し暑い。

しかしそんな暑さも一瞬忘れさせる清々《すがすが》しさだ。

細身の身体《からだ》と爽やかな笑顔に似合わぬ力強さが意外で、素直な感想が口をついて出る。

「隆《たか》さん、結構力持ちだね」

「健康のため、ジムに通っていますので」

「ええっ！　ジムとかお金かかるでしょ？」

——お金のことを口に出すなんて失礼だった。

失言の多い自分にひっそりと冷や汗をかく錬に気づかず、隆仁はマイペースに床に散らばる梱包材を拾って片付けながら、穏やかに微笑む。

「強制的に身体を動かす機会を作らないと、なかなか運動できませんので」

「まあ、身体壊して病気になったらその方が高くつくか」

「健康はお金で買えませんから」

「俺も結構、筋肉あるよ。あくまでも実用でついただけだけど」

「そうなんですか？　意外です」

錬は服を着ていれば細身に見えるが、脱げば結構筋肉質で驚かれる。別にマッスルボディーを目指して鍛えたわけではなく、質素な食事と肉体労働の賜《たまもの》だ。

顔は極《ごく》並みだと思うが、二重《ふたえ》ではっきりした目と口角の上がった口元が親しみやすさを感じさせるらしく、男女問わず友達は多い。

しかしそれゆえになかなか友達以上の感情を持ってもらうのが難しく、大学時代の彼女と別れてからは、ずっと恋人はいない状態。

しかし今はアルバイトと絵画制作に忙しく、彼女を作る暇があるなら制作時間に回したい。

「バイトでずーっと力仕事してるから、マジで腹筋割れてるよ。学生時代は『ヌードモデルやって』とか頼まれたほどだし」

「え？　ヌードって——」

「やってない、やってない！　けどまあ、いざとなったら脱ぐだけでお金になるって思ったら、ちょっと安心したって話」

お金がない苦労は、子供の頃から山ほどしてきた。今だって余裕などなくて、身体を壊して働けなくなればあっという間に干上がってしまう。

絵で食べていければいいが、今はまだ『絵で稼《かせ》ぐ』どころか『絵を描くために稼いでいる』状況だ。

「錬くん……無茶はしないでくださいね」

ずいっと近づいてきた隆仁に本気で心配げな目で見られ、自分はそんなに無茶をしそうに見えるのか、とむくれてしまう。

「だーから、最終手段ですって。画材にギャラリーのレンタル代に、って芸術活動にゃお金がかかるから。隆さんがこうやって格安ギャラリーひらいてくれて、ホント助かる」

「お役に立てて何よりです。あ、そちらが錬くんの油絵ですか？」

梱包されたキャンバスに期待に満ちた眼差《まなざ》しを向けられて、ふくれっ面《つら》から一変して頬《ほお》が緩む。絵を見てもらえるのは単純に嬉《うれ》しい。

自分の展示スペースへ運んで、いそいそと梱包を解く。

ダンボールと緩衝材を剥《は》いでキャンバスを壁に立てかければ、その前に立った隆仁は「ほお」と軽く息をついてじっと見入る。

その横顔を、錬は固唾《かたず》をのんで見つめた。

僅かに雲が浮かぶ青く澄んだ空を背景に、咲き誇る薄いピンクの花がこちらを見下ろすかのような絵に、隆仁は口元をほころばす。

「秋の澄んだ空気を感じますが、これはコスモス……ではないですよね？」

「うん。皇帝ダリア。すごく背が高くて、これは二メートル以上あったと思うよ」

ダリアは種類が豊富で目の高さほどになる品種もあるが、その中でも皇帝ダリアは別格だ。威風堂々とした佇《たたず》まいはまさに『皇帝』の名がふさわしい。もはやちょっとした木で、『木立ダリア』とも呼ばれている。

植物園に連日スケッチに通って描いた大作だ。

「そんなに背が高くなるダリアがあるんですか」

「ダリアは色もサイズもすごく豊富で、楽しいよ」

「楽しい、ですか。錬くんはいつも楽しそうでいいですね」

「いつも楽しそう」なんて、ともすれば嫌味とも取れる言葉だが、柔らかな笑顔の隆仁から言われると素直に受けとめられる。

それに何よりこだわった「秋の澄んだ空気」を感じてもらえたのが嬉しい。

空は季節によって色も雰囲気も違う。桜は春の薄ぼんやりとした水色の空が、ヒマワリにはくっきりとした眩《まぶ》しい夏の青空が似合う。

そんな機微を表現できるようになりたい、と意識している。その努力に気づいてくれる人がいる幸せににんまりと笑えば、隆仁もにっこりと微笑みを返してくれる。

「錬くんは、花を描くのが好きなんですか？」

「そうだね。空の青とピンクや白やオレンジの花の組み合わせってきれいだから、描きたくなるんだよね」

花瓶に生けた花や果物籠《かご》を描くような静物画より、自然を描く風景画の方が好きだ。光や風、その場の空気を感じさせるような描写ができるようになれば、と願って精進しているが、なかなか難しい。

「卒業制作も蓮《はす》を描いたんだけど、なかなか納得いく出来にはならなくて……」

世間一般では、蓮は日本画で洋画なら睡蓮《すいれん》、というイメージなので、あえて蓮にしてみたとひねた自分に笑えば、隆仁も楽しげに笑ってくれる。

「そういう固定観念に囚われないところ、いいですね。素敵です」

「固定観念なんて壊してなんぼよ」

「私は保守的で面白みに欠けるので、錬くんといるといい刺激になります」

「そう？　お役に立てれば幸いです」

くそ真面目《まじめ》に頭を下げれば、隆仁はますます楽しげに笑ってくれて、こちらも楽しくなる。

しかし口ばかり動かしていないで作業を進めなければ、と隆仁に手伝ってもらいながら作品を壁へ飾り、タイトルや価格を書いたキャプションカードを絵の下に貼る。

そのカードに印刷された『非売品』の文字に、隆仁は首をかしげる。

「この作品は何故《なぜ》、非売品なのかな？」

「これは点数稼ぎに持ってきたんだ。まだ仕上げのつや出しをしてないから、販売できないんだよね」

油絵は、描き終えると最後の仕上げに画面を保護して光沢を出す完成ニスを塗布するのだが、それは絵が完全に乾いた半年から一年後におこなう。この絵も表面上は乾いているが、念のためもう少し乾かしてから塗布したい。

もしも購入したいという人が現れても、今すぐ渡すことはできないので非売品にしているだけだ。

「それでは、売る気がないわけではないんですね」

「売る気があっても売れないだろうけど」

「そんなこと――」

「あるある。自分としては気に入ってる絵だから九十万円以下では売る気ないんだけど、今の俺の知名度じゃあね」

絵は基本的に、一号で何万円という値段の付け方をする。一号で二万円設定の十号の絵なら二十万円という具合だ。

油絵具や水彩絵具など画材によって値段は変わるが、作家の知名度や人気でも変動する。油絵で百貨店の画廊に展示されるような有名作家なら四万円以上、個人で販売している無名作家なら一万円程度から、とかなり幅がある。

さらにその値段で売れないとなると、どんどん値段を下げて画材代にもならないこともある。しかし逆にみんなが欲しがるような作品なら値段は高騰し、何億円にも跳ね上がる。

絵画の値段は、あってないようなものなのだ。

「まあ十年も売れ残ったら値下げしちゃうかもだけど」

「才能の安売りをしないのはいいことです」

「売る売らないはともかく、こういう作品展には大きな絵があった方がいいから、とりあえず持ってきたんだ。それに、ポストカードも現物の絵があると売れやすいし」

大きな絵は、ごまかしが利かないし描き切るには時間も労力もかかるので、作者の能力がもろに出る。だから、自分はこれだけの作品を描けますよというアピールになる。

それにやはり大きい分だけ迫力や存在感で目を惹《ひ》くので、作品展には大きな絵があった方がいい。

大きくて高額な絵はそうそう売れないが、ポストカードくらいならと買ってくれるお客さんはいて、それも大事な資金源になるからありがたい。

ポストカード以外にも、サイズや値段が手頃な作品も用意する。

錬の場合は、三十センチ前後の三号から四号サイズのパステル画が売れ筋だ。

パステル画は油絵より手軽に描けるし、経年劣化もしやすいので安いものなら号二千円からの価格設定にしている。

他にも、作品を元にカレンダーやポストカードやTシャツなどの物販品も作る。

数万円の作品はなかなか売れないが、数百円の商品ならと手軽に買ってもらえるし、作品を印刷したTシャツやバッグを身に着けてもらえれば宣伝にもなる。

「物販っていろんな意味で大事なんだよね」

「そうなんですか――あ、そちら、お持ちしましょう」

小柄な岡崎咲子《おかざきさきこ》が大きなダンボール箱を抱えてよろめきながら入ってきたのを目にした隆仁は、素早く手伝いに向かう。

そんな隆仁に、さっきまで口を半開きにしてゼイゼイ言っていた咲子が、極上の笑みを浮かべる。

「すみません。ありがとうございまーす」

「いえ。向こうのダンボールもですか？　手伝います」

隆仁は玄関の脇に置かれたダンボールも運ぶのだろう、と察して取りに向かう。

おっとりして見えるが、気配りはできるしいざとなると機敏だ。

「うーん、イケオジは中身もイケてるね」

「まったくな。イケオジすげえ」

つい口から出た言葉に同意されて振り返れば、部屋の真ん中で立体造形作品の組み立てに入っていた高岡俊《たかおかしゅん》が、普段ボーイッシュでがさつな咲子が隆仁に向かって可愛く小首なんてかしげている姿に、珍しいものを見る目を向けていた。

「あの岡崎が女子に見える」

「本人に聞こえたら殺されんぞ」

咲子は錬の一学年上だが、錬が一年浪人しているため同じ年の二十四歳。しかし小柄で童顔な咲子は二十歳《はたち》以下と言っても通じるほどで、長身の隆仁と並ぶと親子に見えなくもない。

けれど咲子は、隆仁を異性として意識しているようだ。

「結婚指輪をしてないってことは、結婚してないんですよね？」

「ああ、それ、私も気になってた！」

隆仁に向かって無遠慮で直球な質問をぶつける咲子に便乗し、咲子と同じ日本画の山田智《やまだとも》美《み》も自分の作業の手を止めて会話に参戦する。

喧《かしま》しい女子二人に挟まれて気の毒に思ったが、モテ要素満載の隆仁にどうして奥さんがいないのかと錬も気になっていたので、会話に耳をそばだてる。

「頼りがいがないと逃げられて、独り身です」

「えーっ、そこが魅力的なのに！」

「もったいない。元嫁、何も分かってない！」

はにかんだ笑顔で答える隆仁に、女子どもはヒートアップしてまくしたてる。

隆仁はどこかいいところのお坊ちゃまのようなおっとりした雰囲気で母性本能をくすぐられるのだそうだが、確かに何かしてあげたくなる要素があるのは同意する。

錬と隆仁が出会ったのも、リストラに悩んでいた彼に錬がつい声をかけてしまったのがきっかけだ。

錬が隆仁と出会ったのは、桜も散りかけた四月の初め。アルバイトへ向かう電車の中だった。

「……リストラ、か」

すぐ側《そば》で聞こえた、地の底からわき上がってきたかのような暗い呟《つぶや》きに、錬はスマートフォンの画面から視線を上げた。

声の主は、隣に座っていたスーツ姿の男性。肩を落として背もたれに身体を預け、ひどく疲れた様子だった。

――リストラされちゃったのかぁ。

まだ働き盛りの年齢でそんな目に遭えば、どん底の気分にもなるだろう。

なんとも気の毒になったが、見ず知らずの相手に勝手に同情して慰めの言葉をかけるのもおかしなもの。

いい再就職先が見つかるといいね、と心の中で祈ることしかできない。

彼はそこそこいい会社に勤めていたのだろう、高そうな三つ揃えのスーツでいかにもエリートという格好。

薄い唇に切れ長の目の整った顔立ちに、俯《うつむ》いているせいで影が差し、それがやつれているというより妖艶《ようえん》さを感じさせる。

思わず目が離せなくなって見ていると、ふと顔を上げた彼は向かいの窓の外に目をやり、少し寂しげに笑った。

とっさに自分も彼の視線を追い、その表情の理由を知る。

川縁《かわべり》の桜の並木が、白い花びらをはらはらと散らしているのが車窓から流れ去った。

彼は、儚《はかな》く散りゆく桜に我が身をかさねてしまったのだろうか。

「桜吹雪《さくらふぶき》っていいですよね」

「え？」

思わず声に出してしまった錬に、隣の彼は驚いた様子で顔をこちらへ向けた。

正面から見たその顔は、少し薄い茶色の目が印象的でやはり美形だと感じた。

——これがイケオジってやつか。

噂《うわさ》に聞いたことはあるがこんな間近で実物を見たのは初めてだなーなんて、思わずにこっと微笑めば、彼もつられて少し目を細めて口角を上げる。

その儚げな笑顔は、散り際の桜のような、そっと風よけを立てかけたくなる美しさだ。

ほえーと見とれていると、彼の方から話しかけてきた。

「……桜の見頃は、ほんの一瞬ですね」

「でも、つぼみが膨らみだした頃から『まだかなまだかな』って待ってるのも楽しくないですか?」

「ああ、なるほど。そういった楽しみ方もあるんですね」

錬が自分と同じく車窓からの桜に目を留めたと気づいたのだろう彼と、そのまま桜談義に花が咲く。

「満開のときもきれいだけど、俺ははらはら散りだした頃が一番好きだな。あなたは?」

「私は……八分咲きくらいでしょうか。蕾《つぼみ》の濃いピンク色が所々に混ざっているのがよいですね」

「あーあ、それもいいですね! 今年は天気悪かったけど、お花見、行けました?」

今年は開花の時期に雨風大嵐と散々で、錬は僅かな晴れ間に数枚スケッチができた程度。桜の下で飲み食いをする『花見』を楽しむ余裕はなかった。

「花見、ですか。……桜が咲いていたことすら、今気づいたくらいで。情緒がなくてお恥ずかしい」

自嘲気味に俯く彼は、景色に目をやる余裕もなかったのだろう。

知らぬ間に過ぎた季節に、そっと嘆息する。その口元に当てた人差し指の長さと美しさに、目が釘付《くぎづ》けになる。

——爪先《つめさき》まできれいとか、イケオジすごいなぁ。

疲れていても身だしなみに手を抜かない。そういう心配りが、イケオジが格好いいと言われる所以《ゆえん》だろうか。

こんな人までリストラされるとは、不況とは恐ろしいものだと改めて思う。

——にっこり笑うと、どんな感じかな。

物憂げな表情もいいが、せっかくのイケオジとの接近遭遇だ。いろんな表情を見てみたい。

持ち前の好奇心が頭をもたげる。

「あ、そーだ。そんじゃあ、ちょっと、待って、くっださーい」

スケッチした桜の中に、満開の時期のがあったはず。脇に抱えていたスケッチブックを膝に広げ、ぱらぱらめくって目当ての絵を捜す。

数日前、近所の運動公園へ行って桜を描いた。

淡いピンクの花をつけた桜の枝が水色の空に向かって伸びるありふれた構図の絵だが、オイルパステルの鮮やかな発色を生かし、雨上がりに輝くような生命力あふれる桜が描けたと自負している。

「今年の桜は、こんなんでしたよー」

「これは見事ですね。画家さんでしたか」

いきなり鞄の中を捜りだした錬の奇行に、何事かと怪訝《けげん》な表情だったのが一変し、彼はスケッチブックの桜を見た瞬間に目を見開いて微笑む。

ぱっと雲間から日が差したみたいな笑顔は期待以上に美しく、思わずにんまりしてしまう。さらに『画家』という言葉が嬉しくて、表情筋が緩みっぱなしになる。

「いやー、画家です！　ってばしっと名乗れればいいんですけどね」

「まだ学生さんなんですか？」

「いえ、絵だけで食ってけてないもんで」

美術系大学の短期大学部を卒業したけれど、それだけで絵の仕事が舞い込むなんてことはない。

画家を名乗るのに、資格も免許もいらない。しかしバイト代で生計を立てている身では、おこがましくてとても画家とは名乗れなかった。

「こんなにお上手なのに……」

「へへー。ありがとうございます。あ——よかったら、これ、どうぞ」

のほほんと話している間に、アルバイト先の最寄り駅に到着してしまった。

褒められて単純に嬉しかったのと、落ち込んでいる彼の気持ちを少しでも引き立てられればなんて気持ちで、錬は桜の絵をスケッチブックから破り取り、彼の手に押しつけた。

「え？　あのっ」

「いらなかったら捨てちゃって！」

「いえ！　そんな——」

飛び出した電車のドアが閉まる前、振り返れば絵を手にした彼が困惑しつつも微笑んでいるのが見えて、とても嬉しくなった。

満面の笑みでプラットホームから手を振る錬に、彼は深々と頭を下げ、電車に揺られて消えていった。

話していたのはほんの数十分で、互いに名前も名乗らず別れた。

もうそれきり会うこともないだろうと思ったのだが、そうでもなかった。

同じ沿線を利用していれば、偶然出会うこともある。

錬がバイトへ行く時間が彼——城ノ内隆仁もたまに乗車する時間だったようで、数日後にまた偶然乗り合わせた。

隆仁は絵をもらったことを本当に喜んでいて、お礼がしたいと言われた。たかがスケッチ一枚で大げさなと断ったがどうしてもと押し切られ、それならとお言葉に甘えて新しいスケッチブックを買ってもらった。

それ以来、乗り合わせる度に会話を交わすようになった。

「スケッチブックをいただいたことだし、リクエストしてくれたら何か描きますよ」

「似顔絵なども描かれるのですか？」

隆仁は商業施設やイベント会場で似顔絵描きをする人を連想したようだが、絵を描く人間なら誰でも即興で描けるというわけではない。

「俺はじっくり時間かけたいタイプなんで、そういうのは無理です。最近はライブペイントっつってお客さんの前で描くのとか流行《はや》ってるんですけど、それもできなくて。芸がない芸術家とかしゃれになんないですよね」

「人には得手不得手というものがありますから。……美術の世界も、上手《うま》いだけではやっていけないものなんですね。でも錬くんの絵は、華やかで見る人の気持ちを引き立てる、とてもいい絵だと思います」

「やー、ははっ、ありがとうございます」

絵を褒められるのは、お世辞でも嬉しい。イケオジのほんわかした穏やかな笑顔を間近で見るのもいいものだ。

アルバイト前の一時、錬にとって隆仁と会うのは癒やしの時間になった。

錬はアルバイトが休みの日以外は毎日決まった時間に電車に乗るが、隆仁の方は不規則で、週に一度会うか会わないかという程度。

だが平日に会うときはいつも、隆仁はびしっと決まった三つ揃えのスーツ姿だった。

リストラを免《まぬが》れたのか再就職できたのか、どちらにせよよかったと思ったけれど、仕事がきついのか疲れた顔をしていることが多かった。

しかし詳しく訊《たず》ねるほど親しくもないし、訊《き》いてどうこうできるものでもない。

錬はただ隆仁の笑顔が見たくって、明るい話をするよう心がけた。

それに隆仁は錬に絵をもらってから絵に興味を持ち始めたようで、彼からの質問に錬が答えることが多かった。

「いただいたあの絵は、何で描かれたんです？　色鉛筆ではないですよね？」

「あれはオイルパステルで描いたの。油絵の具を持ち出して描くのって大変だし、野外ではパステル使うことが多いかな」

「パステルだったんですか。パステル画というのはもっとふんわりしたイメージでした」

隆仁は驚いたようだが無理もない。

パステル画というと、柔らかなタッチの絵をイメージされがちだが、オイルパステルは油絵と見まがうほど重厚な絵が描ける。

「ドガの『舞台の踊り子』ってバレリーナの絵、知らない？　あれもパステル画なんだよ」

「ああ、確か後ろに黒い服の男性が立っている絵。あれもパステルで描かれていたんですか」

「パステルは手軽に豊かな表現ができる画材の優等生だけど、やっぱ深みとか艶とか表すには油絵の方が向いてるかな」

「錬くんの専門は油絵ですか。ちゃんとしたキャンバスに描かれた絵も見てみたいですが……どちらで見られます？」

「見てほしいけど、しばらく作品展の予定は入ってないんですよね」

「画廊などに出品は？」

「無理無理！　俺みたいな無名の絵を置いてくれる画廊なんてないよ」

アーティストが作品を発表するギャラリーは、大まかに分けて『レンタルギャラリー』と『企画画廊』の二種類のタイプがある。

レンタルギャラリーはその名の通り、アーティストが場所を貸りて展示するギャラリー。それに対して企画画廊は、オーナーが企画をして選ばれたアーティストの作品を展示する。

前者は基本的にお金を出せば誰でも作品を展示できるが、後者はオーナーに選ばれなければ展示されない。

「地道に作品を見てもらう機会を増やすしかないけど、ギャラリー借りるのもお金がかかるし、コンクールに出品するにも出品料とかかかるから……なかなか、ね」

誰も見てくれない作品は、ないのも同じ。

しかし絵の具などの画材にお金がかかっているだけでなく、コンクールに出展するとなると『仮額』という作品保護のための額を用意しなければならないし、出品料だけでなく搬入出の費用も必要になる。

芸術家は作品さえ作っていればいいと思われがちだが、無名の間は作品を作ることより売り込むことの方が大変で、とにかくお金がかかるのだ。

昨今はインターネットで発表もできるし、錬もネット販売をしてはいるが、実物を見ずに何万円もする油絵を買う人はあまりいない。せいぜい数千円のパステル画がたまに売れる程度。

それにネット販売では、表示されるモニターによって色合いが違ってイメージが変わってしまうこともあるし、こちらの意図とまるきり違う解釈をされることもあるので、やはり現物を見て納得して買ってもらいたい。

「だけど、場所がよくて客足のいいギャラリーはレンタル代も高いし。今はバイトして金貯めて、作品展を開くべく努力中ってとこ」

「絵があっても見てもらえないというのは、つらいですね」

好きなことを仕事にしているのなら苦労して当たり前、なんて言われたりするが、隆仁は「ご苦労なさってるんですねぇ」なんてしんみりと呟く。

「もうちょっと安いギャラリーが近くにあると助かるんだけどね」

「安くて立地のよいレンタルギャラリー、ですか。……それがあれば錬くんの絵が見られるんですね」

「ま、そんなおいしい話ないし。今日もお仕事がんばってきまーす！」

そんな話をしたのが、六月の半ば。

それから隆仁の生活時間が変わったのか、ぱったりと乗り合わせることがなくなった。

こんなことなら連絡先くらい訊いておけばよかったと残念に思ったけれど、錬が電車に乗る時間は変わっていない。隆仁の方にその気があれば会いに来られたはずだが、それがないということは、向こうは特に会いたがっていないということ。

思えば、隆仁とは年も違うし共通点もない。

それでも、彼に話を聞いてもらってあの穏やかな笑顔を見れば、何だかほんわかした気分になれて楽しかった。

――まあ、俺が一方的に癒やされてただけだし。

アルバイトに向かう電車内は、憩いのひとときからまたつまらないただの移動時間になってしまった。

しかし八月の初め、そんな無味乾燥な毎日に一条の光が差した。

以前から一緒にグループ展を開催していた小次郎《こじろう》から、破格の条件のレンタルギャラリーがオープンしたので、またグループ展をやらないかと提案されたのだ。

グループ展仲間の俊が、作業場としてバンドマンでドラマーの従兄弟《いとこ》と共同で一軒家を借りていたので、錬たちはそこによく集まって情報交換などと称して飲み会をしていた。

騒音で苦情が来ないよう選んだ、郊外の畑や田んぼに囲まれた場所にある家なので、行き来は不便だが心置きなくどんちゃん騒ぎができるため、仲間が集まるには格好の場所だ。

その日も俊と小次郎と錬が、家飲みしようと集まっていた。そこで小次郎が友人から聞いたという新しいレンタルギャラリーを話題にしてきた。

「この『ギャラリー薄明』って、おまえんちの割と近くじゃない？」

「えー、ホントだ。知らなかった！　……ああ、オープンしたばっかか」

そのギャラリーのサイトは、展示や搬入の制限など知りたいことがきちんとまとまっていて、しっかりしたところという印象だった。

場所は錬の自宅の最寄り駅の二つ向こうで、市役所前の駅から徒歩五分。駅前商店街を真《ま》っ直《す》ぐ進めばたどり着ける立地のよさ。駅から遠くて道順が複雑で迷子が続出する、安いには安いなりの訳があるギャラリーとは違う。

民家を改装したそうで外観は古いが味わい深く、サイトの写真を見る限り中は改装されてギャラリーとして使用するのに十分な施設に思えた。

三十平米とグループ展を開くには少々手狭だが、大した作品数のない今の自分たちにはそれで事足りる。

壁は漆喰だが、一部クロスパネルの部分は虫ピンやマスキングテープの使用は可。壁にはキャンバスをかけるアートレールが張り巡らされ、脚立やテーブルなどの備品の貸し出しは無料。

来客用の駐車場はないが、搬入用に一トントラックまでなら駐車できるスペースもある。

「さらに物販の販売手数料もなし、か」

「しかも、三十歳以下のアーティストなら三十パーセントオフってのもありがたいね」

「何それ！　ありがたすぎて拝むレベル」

若いアーティストを応援したい、というオーナーの心意気が嬉しくて、まだ見ぬオーナーに対する好感度がぐっと上がる。

「ってことで、借りるとしたら最年少のおまえが代表者ってことでいいか？」

代表者が三十歳以下の間はこの値段で利用できるそうなので、仲間内で一番若い者を代表にしておけばそれだけ長く安く利用できてお得という算段だ。

「それはいいけど……ここ、こんな商売で続くのかね？」

「自宅を改装してるみたいだから、趣味か道楽で赤字さえ出なきゃやってけるんだろ。それか、そこまでしないと借り手が来ないような訳あり物件か。その辺のとこ、直接行って見てきてくれよ」

そんな話の流れで、詳しい資料をもらいがてら見に行ったときは、七十歳くらいの小松《こまつ》という老人が対応してくれた。

だからてっきりその人がオーナーだと思ったのだが、彼は芸術関連の知識の乏しいオーナーに雇われた元美術館の学芸員だった。

いざ借りる段になって、展示物の搬入などの打ち合わせのときにオーナーとして隆仁が出てきたときは驚いた。

久しぶりに会った隆仁は、相変わらずのほんわかとした笑顔で錬を迎えてくれた。

「しばらくお会いできなくて、ギャラリーを始めたことについて話す機会がなかったですから。だけど、お話しする前に気がついていただけて嬉しいです」

何でも隆仁は事情があってこの家を継いだはいいが、持てあましていた。そこへ錬との会話で『立地がよくて安く借りられるギャラリー』に需要があると知り、それならと一階部分をギャラリーとして貸し出すことを思いついたそうだ。

このギャラリー誕生のきっかけが、自分が何気なく話したことだったなんて驚きだった。

さらに隆仁はオープンに向けての準備で忙しくて会えなかったと分かれば、一時の寂しさなど吹き飛ぶレベルに嬉しかった。

隆仁はここで暮らしているわけではなく、会社勤めの傍らに経営しているので平日はいつもスーツ姿。元々かっちりとした服装が好きらしく、休日も色やワンポイントが入ってはいるがシャツにスラックスのようなきちんとした格好をしている。

今日も平日の火曜日だからか、白シャツにグレーのスラックスと会社員みたいな格好だ。

仕事はいいのだろうかと心配になるが、勤め先はおそらくフレックスなど時間に都合がつく職場なのだろう。

隆仁はギャラリーの経営が性に合ったのか、最初に電車内で出会った頃の憂鬱《ゆううつ》な表情ではなく、朗らかな様子で楽しげに搬入の手伝いをしている。

ビニール紐などの燃えないゴミを拾い集めている隆仁の動きをつい目で追っていると、目が合った隆仁は錬の足元の発泡スチロールも回収にやってきた。

「そちらも捨ててきます」

「いや、これは搬出でまた使うから。……ごめんね、みんなオーナーをこき使いやがって」

自分が隆仁と知り合いだったことから、みんなも隆仁になれなれしくて、今日が初対面だったのに「隆さん」なんてあだ名で呼ぶのも何だか気にくわない。

フレンドリーが過ぎる仲間たちをじろりと睨《ね》め付ければ、隆仁は気にしないでくださいと微笑む。

その爽やかな笑顔は林を抜けてきた涼風のように、心のもやもやを吹き飛ばしていく。

「学生時代の友人と、卒業後もこうして集まれるというのはいいですね」

「まあねー。っても、俺は二年しか大学行ってないけど」

「え？　中退されたんですか？」

「ううん。ちゃんと卒業したよー」

どういうことかと首をかしげる隆仁に、錬は母校の新野美術大学にあった制度について説明する。

「うちの大学は四年制と二年制があって、二年制でも成績よかったら奨学金で四年制に進める編入コースがあったから、それ狙いだったんだけど……奨学金もらえなかったから行きそびれちゃってさ」

「錬ってば、試験代わりの二年最後の絵の制作中に、右手を骨折しちゃったんだよね」

さらっと流して終わらそうとしたのに、咲子がいらない情報をもたらしてくれた。

「悪かったねー、ドジで」

「骨折を？」

隆仁からやけに心配げな顔で見つめられ、慌てて大した怪我《けが》じゃなかったと取り繕《つくろ》う。

「や！　人差し指だけだったんだけど、がちがちに固められて筆が持てなくなっちゃって、参ったわ」

実際に大した怪我ではなく一ヵ月ほどで完治したけれど、錬の人生に与えた影響は大きかった。

「左手で完成させてあの絵はさすがだったけど」

「でも、やっぱ出来にムラがあったし、仕方ないよ」

できる限りのことはやったが、自分でも落とされて当然と納得できる作品にしかならなかった。

だから、辛《つら》かったけれど受け入れるしかなかった。

「……あの年の油絵科では、おまえが一番上手かったのに」

二学年上だが同じ油絵科の小次郎からの真面目なトーンの突っ込みに、喉の奥に何かがぐっと詰まったみたいな感覚に襲われる。

続いて目の奥がつんと痛くなり、これはヤバいと大げさに笑って頭をかく。

「まっ、運も実力の内だし？　しゃーないよ。それに、こうやっておまえらとつるんでっと、俺も四年制卒みたいに見えるだろ？」

「何それ、セコい！」

「おう！　俺がセコいのは今に始まったことじゃないだろー」

咲子から間髪入れずに繰り出された遠慮ない突っ込みに、下手に気を使われるより救われてけらけらと笑う。

「大丈夫！　人生、何とかなるもんだって」

「でたー、楽天家！」

「だって、ホントに何とかなってるし」

咲子に茶化されて明るくおどければ、小次郎も空気を読んでしかめっ面をやめる。

どんなことも明るく笑い飛ばせば、みんなも笑ってくれる。

――辛くても、泣いたってどうにもならない。

どうにも仕方がないことは、いつだってある。

「大丈夫！」「何とかなる」そう言う度に心がきしむ音がしたけど、気づかないふりをした。

大丈夫であろうとなかろうと、とにかく前へ進まなければ惨《みじ》めな境遇から抜け出せない。

だから、いつだって「大丈夫。何とかなる」と、自分に言い聞かせて歩いてきた。
そのおかげで、実際に何とかなっている。
今は笑い合える仲間がいて、作品を発表できる場所もある。その幸せを噛《か》みしめるように
この場所を与えてくれた隆仁の方を見れば、彼は一人眉根を寄せて錬を見ていた。
まるで強がる気持ちを見透かされたみたいで決まりが悪くて、目を逸《そ》らしたいのに射すく
められたように動けなくて、真顔で見つめ合う。
「あ！　狸《たぬき》！」
ふいに大声を上げて窓の方を見た智美に驚き、みんなが窓の外の庭を見る。その動きにつ
られる格好で、隆仁から視線を外せた。
しかし、窓の外に狸はいない。いたのは——。
「狸……って、あれ猫じゃね？」
「ええ？　だってしっぽがさぁ……」
「しっぽの先丸いけど、顔も丸いけど、猫だろ」
小次郎の意見が正解で、庭をのしのしと横切るふっくらした生き物は、先っぽが太い立派
なしっぽを持つ太った茶虎《ちゃとら》の猫だった。
みんなの視線を感じてか立ち止まり、庭の飛び石の上にどかっと座った姿は貫禄のあるお
っさんのようだが、やっぱり猫だ。

「あの狸、ここの狸ですか？」

「いえ。でもたまに見かけますから、近所の猫でしょう」

あくまでも狸説を曲げない智美に、隆仁はやんわり訂正しつつ穏やかに答える。何ともシュールなやりとりに癒やされる。

「触れるかな？　ちちちっ、ちち。おいでー」

おいでと言いつつ庭に出て自分から近づく猫好きな小次郎に、茶虎猫は寝転がり腹を見せる。

「おおっ、おさわりＯＫですか？」

「えーっ、狸、触らせて！」

「智ちん、狸じゃないって」

智美に続いて、咲子と俊まで庭に出て茶虎猫を構い出す。

芸術系の人間には、動物好きが多い気がする。

茶虎猫は野良ではないのか、人慣れしていてみんなからもみくちゃにされてもごろりと寝転がったままだ。

みんなが猫に気を取られているその隙に、錬は口角をあげていつもの陽気な自分に戻る。

「こらーっ、おまえら戻ってこい！　作業しろーっ！」

俺だって猫構いたいわ、と思いつつも隆仁と話し込んでいて遅れた分を取り戻すべく展示の準備を再開した。

壁に掛けた絵が外れて倒れかかったりしないよう安全面に注意したり、照明がきちんと作品に当たるか調節したり、とまだするべきことがたくさんある。

一人で真面目に作業する錬を気の毒に思ったのか、隆仁が脚立など出して手伝ってくれる。

「錬くんは真面目ですね」

「真面目ってか、好きでしてることだから苦になんないって感じ。家が貧乏だったから、大学行くお金も一年間バイトして貯めたくらいだったし」

「自分で学費を稼いだんですか」

それはすごいと称賛してくれたが、自分だけの力ではないのに褒められすぎて気恥ずかしい。そんなにすごくないですよー、とひらひら手を振る。

「あ、いや。姉ちゃんも助けてくれたからさ」

「お姉さんが？」

「母親が早くに死んじゃって……けど四つ上の姉ちゃんが母親代わりに面倒見て、応援してくれたからできたんだ」

「そう。……あの、お父様は？」

「父親はねえ……奥さん亡くしたショックで駄目人間になっちゃって。居ない方がましって言うか、居なくなっちゃったって言うか」

「そ、それは、その……失踪、されたの？」

「んー、今はどこに居るか分かってるから」

気になっても仕方のない部分を遠慮がちに訊ねてくる隆仁に、そんなに大げさなものじゃないよ、と笑って答える。

曖昧《あいまい》に言葉を濁す錬に、隆仁はそれ以上踏み込んでこなかった。

「そう。……お姉さんと二人で、がんばってきたんだね」

「まあ、主にがんばったのは姉ちゃんだけど」

眩しいものを見るように目を細める隆仁に、何だか照れて頭をかいてしまう。

生い立ちについて、周りから「かわいそうに」なら何度も言われた。

客観的に見ればかわいそうな境遇だったろうと理解はできたが、同情されることに心がもやつくことはあった。

だが「がんばったね」は、同情ではなく称賛だ。努力を認められたみたいで、ちょっと嬉しい。

今だって、もっと絵を描く時間があればと思ってしまうが、あの頃の苦労に比べれば耐えられる。

錬は子供の頃から、とにかく絵を描くのが好きだった。

小学一年生のときに夏休みの宿題で描いた絵が地元の絵画コンクールで入賞すると、両親は「この子の将来は画家だな」なんて親馬鹿を炸裂させ、お絵かき帳や塗り絵を買い与えてくれた。姉の恵《めぐみ》も、勉強せずに絵ばかり描いていた錬の宿題を見てくれたりした。

あの頃は、何も考えず一日中でも絵を描いていられた。

だがそんな幸せな日々も、錬が小学三年生の時に母親が事故で亡くなったことで一変した。

姉さん女房でしっかり者の妻に惚《ほ》れ抜いていた父親は、魂を抜かれたようになって酒に逃げた。

毎晩のように飲み歩き、酔いつぶれて玄関で寝込んだ父親を恵と二人で部屋まで引きずっていって寝かしたり、明け方まで妻との思い出の曲とやらを大声で歌い続けられて眠れなかったり。

錬と恵は母親を亡くした悲しみに浸る暇もなく、父親の世話に振り回された。

父親は夜の酒も抜けていない酒臭い息で職場へ行って、昼休みに隠れて飲酒することもあったようだ。仕事にも身が入らず会社を解雇されたが、それでも酒がやめられない。

父親は、完全にアルコール依存症になってしまったのだ。

職を失ってからは、アルバイトで小金を稼いでは酒を飲み、家にお金を入れなくなったばかりかろくに帰ってすらこなくなり、恵と錬はただただ途方に暮れた。

両親とも身内に縁がなかったようで、祖父母や付き合いがある親戚もなく、頼れる人はいなかった。

しかし錬たちの実家の辺りは、昔ながらの人情味があふれる地域だった。母親と親しかった裏の食堂のおばちゃんや近所の住人が、たまにふらりと帰ってくる父親をとっ捕まえて説教し、生活保護の手配などあれこれと世話を焼いた。

おかけで恵と錬は、父親がほとんど帰ってこなくても何とか生活できるようになった。むしろ、いない方が酔っぱらいの父親の世話をせずにすむだけ楽になったほどだ。

食堂のおばちゃんは二人に店の皿洗いなどのお手伝いをさせて、そのお駄賃としてまかないを食べさせてくれた。

他にも近所の畑を手伝って野菜を分けてもらったり、年寄りの買い物を引き受けて煮物など料理のお裾分けをもらったり。

姉弟二人で身を寄せ合い、周りの助けで何とか暮らしていけた。

恵は中学を卒業すると昼間にバイトをしながら定時制高校に通い、高卒で地元の会社に就職した。

錬は中卒で働こうと考えていたが「せっかく才能があるんだから」と恵に諭され、美術科のある通信制高校へ進学した。

そこで先生から、二年間で優秀な成績を残せれば奨学金がもらえて四年通える新野美術大学の短期大学部を勧められた。

錬は一年間みっちりアルバイトをして学費を稼ぎ、ゆくゆくは四年制を目指して短期大学部へと進学した。

入学してからも、アルバイトをしつつ奨学金獲得を目指してがんばったけれど、結局は駄目だった。

だができる限りのことはやったのだから、仕方がないと受け入れて前を向いた。

「四年制には進めなかったけど、今もこうやって絵は描き続けられてんだから、まあいいかなって」

「君は……強いね」

優しい口調と眼差しに、何故だか目の奥がつんと熱くなり、慌てて明るく取り繕う。

「とにかく！　たった二年でも基礎は学べたし、友達もできたし！」

「よいご友人たちですね」

ぐるりと部屋へ視線を巡らす隆仁につられて周りを見れば、猫に逃げられたのか、いつの間にやらみんなも作業に戻っていたようだ。

部屋の奥にいた智美は、隆仁と目が合うと自分の展示スペースの横にポツンと置かれた、艶の失《う》せた古いグランドピアノを指さす。

「ねえ、隆さん。このピアノ、弾いてもいいですか？」

ピアノが得意な智美は、在廊中に演奏できたらと思ったようだ。

しかし隆仁は、申し訳なさそうに眉を下げる。

「それは……調律をしていないので、演奏は無理かと」

「そうなんですか。残念」

「これ、以前は誰が弾いてたの？　隆さんのお母さん？」

咲子はピアノより隆仁のことが気になるようで、家族についての情報収集を試みる。

「いえ。……私はたまたまこの家を継いだだけで、以前の持ち主についてはよく存じません」

ピアノは処分してもよかったが、部屋の雰囲気に合っているのでわざわざ処分することもないだろう、と置いておいただけだそうだ。

名残惜《なごり》しそうにピアノから視線を外した智美は、何故かじっと隆仁の方を見てうらやむ。

「隆さんだったら、ラフマニノフでも軽く弾けそうでいいなぁ」

「手が大きいとは、よく言われます」

「あ、隆さんもピアノ弾くの？」

「……その……子供の頃に少し」

「智ちん、何で隆さんがピアノ弾くって分かったの？」

会話の流れが摑《つか》めない咲子からの質問に、智美は名探偵風に両手の指を合わせて推理を披露する。

「ラフマニノフって、手が大きいので有名な作曲家でピアニストなの。で、そんなこと知ってるってことは、隆さんは音楽好きで、ピアノやってたのかなって」

「じゃあ、何か弾いてくださいよ！」

ちょっとくらい音が狂っててもいいから、と迫る咲子に隆仁は申し訳なさげに謝る。

「本当に子供の頃のことですから、もう弾けないですよ」

「えー、ピアノとイケオジって絶対絵になるのにぃ」

隆仁がピアノを弾いている姿を想像して脳内映像だけで盛り上がる咲子のテンションに呆《あき》れつつも、格好いいであろうことは錬も同意する。

スーツがこれだけ似合うのだから、タキシードはさらに似合うだろう。すっと背筋を伸ばしてピアノに向かい、長い指でなめらかに鍵盤を叩く姿はどう考えても格好いい。

「隆さんの手、指とか長くてきれいだよな」

この指が白と黒の艶やかな鍵盤の上を踊るように動く様を想像しただけで、背筋がぞわっとするほど興奮する。

「今度、手を描かせてよ」

「手を、ですか?」

こんなものを? と首をかしげる隆仁の手を取り、しげしげと観察する。

「手って複雑で奥が深くて、人となりとか生活とか出るじゃない。隆さんは——家事とかしないね? けど、何だろ何か握ってる? マメがある」

ささくれもない指先に、特に磨いたりしているわけではないだろうがきれいな爪。全体的には柔らかいが手のひらの一部が硬く、マメができていた。

「ジムでたまにベンチプレスとか器具を使ったトレーニングをしているから、そのせいでしょうね」

「生活感ないなぁ。自炊してないの？」

「はい。料理はしたことがないです」

「んじゃあ、ご飯はどうしてんの？　コンビニ弁当？」

「コンビニエンスストアは……利用しませんね」

基本定価販売のコンビニエンスストアを利用しないのはえらい。スーパーの弁当か総菜なら夕方には割引になるから、そういうのを狙っているのだろう。

総菜の安いスーパーがあるなら教えてほしかったのだが、邪魔が入った。

「あの、このピアノの上にも絵を飾っていいですか？」

弾けないならせめて展示に利用したいと思ったのだろう智美からの質問に、隆仁はにこやかに頷《うなず》く。

「どうぞ。棚として使ってくださって結構ですよ」

安売りスーパー情報は大事だが、今は作品展の準備が最優先だった、と錬も頭を切り換えて話に参加する。

「写真立てみたいな感じで絵を飾ると映《は》えそうだよね」

「でしょう？　ピアノには洋画の方が合いそうだから、錬くんの絵を置いてみれば？」

Ａ４サイズのパステル画があるので、その後ろにつっかえ棒をすれば写真立て風に飾れるだろう。

「こんな感じで、どう？」

淡い黄緑色の背景とピンクの花、とちょっと皇帝ダリアと色かぶりしているので少し離して展示したいと思っていたパステル画を、グランドピアノの屋根部分に飾ってみれば、智美はいい感じと微笑み、隆仁も同意して頷く。

「うん。やっぱりここに絵があった方がしっくりくるわね」

「いいですね。とてもいい絵だ。この花は何という花ですか？」

「ヒマラヤユキノシタ。春先にピンク色の花と赤い茎が目を惹いて、好きなんだよね」

「春先の花が少ない時期に、こんな鮮やかな花が咲いていたらきれいでしょうね」

「そうなんだよね。子供の頃、近所の家の生け垣に咲いてて、これ見たら『春だなぁ』って思うんだ」

「錬くんは、本当に花がお好きなんですね」

「んー、花っていうか、きれいなもの全般が好きかな」

他に持ってきた十号二枚と二十号の油絵は、澄んだ清流と湖の風景画と小次郎の飼っているハチワレ猫のナナちゃんの絵。四号以下のパステル画は、花やナナちゃん。

水辺の風景に花に猫、なんて一般受け狙いと言われそうだが、自分がいいと思ったから選んだ題材だ。

「隆さんは花の絵が好きなの？」

「そう、ですね……。花の絵がというより、錬くんの絵が好きなんだと思います」

「は？　いやー、はは、そりゃどうも」

満面の笑みで正面から言われると、まるで愛の告白でも受けたみたいに気恥ずかしい気分になった。

これまでにも「あなたの絵って好き」だの「ファンです」だの言われたことはあるのに、何故だか隆仁の言葉は錬の体温を上げていく。

照れ隠しに熱くなった首筋をかきながら、眩しいほどの隆仁の笑顔から視線を逸らす。視線の端では、咲子が「いーいなー」と錬にやっかみの目を向けている。どうやら端《はた》からでも告白を受けたみたいに見えたようで、ますます照れる。

挙動不審になる錬に気づかず、隆仁は額に顔を近づけてしみじみと絵を見つめる。

「この絵を、売っていただけませんか？」

「え？　ええ！　いや、それは嬉しいけど」

「お値段は……九千円？　ずいぶんと安くないですか？」

キャプションカードに記された値段を見て、隆仁は驚いた様子で目を見開く。

錬がさっき「安売りはしない」なんて豪語していた割には安いと思ったようだが、こちらは三号ほどのサイズ。しかも画材がパステルだから、油絵よりずっと低価格が相場なのだ。

「それはパステル画だし、額も自作の木枠だから」

「すべて錬くん作ですか。ますますいいですね。ぜひ売ってください」

「赤シール第一号、おめでとう！」

作品展の開催前に売れるなんて幸先がよい。

咲子がダンボールの中から赤丸のシールを取りだし、キャプションカードの価格の横にぺたりと貼り付ける。

キャプションカードに赤や青のシールが貼られている事があるが、あれは一般的に赤なら『売約済み』で、青なら『交渉中』という印。

売れた作品は、普段なら展示期間が終わってから発送するのだが、隆仁はここのオーナーだから、発送しなくてすむ。

「この絵は、このままここに飾る？」

「いえ。自宅へ持って帰ります。前の桜の横に……いえ、こちらはリビングに飾りましょうか」

どこへ飾ろうかなんてうきうき考える隆仁を見ていると、こっちも嬉しくなる。

上機嫌で作業を進め、昼前には準備を終えた。

すべての作品を並べて照明の当たり具合を調節し、全員で入り口からギャラリーを眺める。

「うん、いいんじゃない？」

壁沿いに絵画、真ん中には立体造形、とありふれた展示方法だが、それぞれ作品の傾向が違う。

同じ油絵でも錬は花や風景、小次郎は人物がメイン。日本画の二人も、智美は伝統的な花鳥画だが、咲子は今時の女の子が漫画チックなタッチで描かれた現代アート。

真ん中には、二メートルほどの壁にリュウグウノツカイやサンマなどの現代の魚が化石になって地層に閉じ込められているかのような、俊の立体造形。

とりとめないが、このカオス感が自分たちらしくていい。

「いよいよ明日からか！　明日、隆さんは――」

「残念ながら仕事です。開催期間中に来られる日があるといいのですが……」

後ろに立っていた隆仁を振り返れば、本当に残念そうに肩を落とす。

やはりオーナーとして客の入りなどチェックしたいのだろうが、こちらは副業。本業をおろそかにはできないだろう。

「そっか。ホント残念。お仕事がんばって」

「はい。ありがとうございます」

ギャラリーの営業時間は、十一時から十八時まで。

錬は十八時から二十四時までバイトなので、十一時からバイトの時間ぎりぎりまで在廊する。

作品展の開催中は小松が滞在して接客もしてくれるが、やはり直接お客さんから感想を聞かせてもらえる機会は逃したくない。

「しかし、錬くんは夜に仕事をして昼はギャラリーに詰めるのでは、いつ寝るんです？」

普段の生活では、終電で家に帰って食事に入浴、絵を販売しているサイトのチェックなどをして、四時か五時に寝て昼頃起き出す。だが十一時にここへ来るには、十時には起きなければならない。

「睡眠時間はちょっと減っちゃうけど、平日はあんまりというかほとんどお客さんは来ないだろうから、居眠りし放題だし大丈夫かなーと」

「それはまあ、確かに……」

隆仁はこれまでにギャラリーを貸した客の展示会の様子を思い出したのか、複雑な顔で頷く。

休息できるのはいいことだが、客が来ないのは困りもの。

無名作家の作品展の主なお客は、作家の知り合いや家族。もしくはギャラリー巡りが趣味の人。

通りすがりに『無料なら』と、ふらりと入ってくれる人もいるが、そういう人はあまりいないし、作品を購入してもらえることも少ない。

それでも絵を見てもらえて感想を聞かせてもらえるだけでありがたいので、作品展を開けることは嬉しい。

明日から夜はアルバイトで昼はギャラリーでの店番、と自由になる時間が少なくなる。

今日は行きつけのスーパーで特売品のゲリラセールがあるはずだから、アルバイトへ行く前に買い物へ行かなきゃ、なんてお金だけでなく時間のやりくりに頭を悩ませる。

「貧乏暇なし、かぁ」

「あー、金持ちになりてえな」

当分は絵を描く時間もない生活に愚痴《ぐち》をこぼせば、内装工として働きながら制作をしている俊も、ため息交じりに愚痴ってくる。

「でも、若さも才能もお金では買えませんよ」

君たちは若くて才能もあると隆仁は励ましてくれたが、若さは確実に失っていくし、才能もそれだけで食べていけるほどではない。

だけど『一生遊んで暮らせるが二度と絵が描けない』か『一生働きづめだが好きな絵が描ける』の二択を迫られたら、迷いなく後者を選ぶ。

それほどまでに、絵を描くのが好きだ。ここまでのめり込めるものがあるというのは、幸せだと思う。

「よっしゃ!　買い物行って、バイト行って、明日っからは展示会もがんばるぞー!」

「錬くん……あまり無理はしないでくださいね」

「そこは応援してよー」

せっかく気力ゲージを上げようと自分を鼓舞したところを、隆仁に優しい声と眼差しで牽制されてへにゃりと項垂《うなだ》れる。

しかし自分を心配してくれる人がいるというのは、何だか嬉しい。それに、肩に入りすぎていた力がいい感じに抜けた気がする。

「無理しない程度に、がんばります」

「はい。ぜひそうしてください」

ほっとした表情で微笑む隆仁は、見た目も中身もイケオジと呼ぶにふさわしいいい人だと改めて思った。


「――そんな目で見ないで」

会場の設営時間は終わっていたが、まだ開いていたギャラリー薄明の門扉をくぐると聞こえてきた切なそうな女性の声に、錬はとっさにその場にしゃがみ込んで身を隠してしまった。

「本当にごめんなさい。あなたのことは好きだけど、私にはもう決まった相手がいるの。だから……」

話し声は庭先から聞こえてくることから、会話の相手は当然、隆仁だろう。

――うわあ、ど修羅場《しゅらば》だぁ。

女性の声しか聞こえないが、どう聞いても痴情《ちじょう》のもつれ。とんでもないところに来てしまった。

錬がしゃがみ込んだまま頭を抱えていると、植え込みの茂みからガサッと狸似の茶虎猫が飛び出してきた。

「わっ」

慌てて口を塞いだが、声が漏れてから塞いだって意味がない。

気づかれなきゃいいけど、と願ったけれど聞こえてしまったようだ。庭から女性が顔を覗かせる。

「あの……どうかなさいましたか？」

「あ……」

人の家の玄関前でしゃがみ込んでいるなんて不審者にしか見えない錬に、女性は落ち着いた声で訊ねてくる。

年齢は三十代半ばほどだろうか。黒縁眼鏡《くろぶちめがね》が似合う艶のある黒髪を後ろで束ねた女性は、藍色のパンツスーツ姿で、仕事ができる有能秘書といった雰囲気だ。

「あ！　あー、その、あ、蟻《あり》を！　蟻を観察してました！」

とっさに地面を這《は》う蟻の姿が目についたことからしゃがんでいた言い訳に使ってみたが、最低最悪の言い訳だ。ここから挽回ってどうすればいいのか、冷や汗しか出ない。

しかし女性は、その言い訳で納得したようで頷いて微笑む。

「そうですか。ご気分でもお悪いのかと思いましたが、それならよかったです」

「えー、えっと、ご心配をおかけしました。それで、えっと、隆さん……城ノ内さんはご在宅でしょうか」

「はい。少々お待ちください」

びしっと腰からお辞儀をして家の中に入る彼女はきびきびとしていて、先ほどの切羽詰《せっぱつ》まった声が嘘のようだ。

「格好いい人だな。……隆さん、ああいう人が好みなんだ」

特に目を惹くことはないが整った顔立ちだし、しゃがみ込んでいた錬を心配してくれたし、動作はきびきびしているし。

おっとりした隆仁には、似合いの女性に思えた。

いつもの癖で目がいった彼女の左手の薬指に指輪はなかったので、既婚者ではないようだが恋人はいるから、隆仁の好意を受け入れられないのだろう。

「……でも、俺なら隆さんに乗り換えちゃうだろうなー」

彼女の恋人がどれほどいい人か知らないけれど、隆仁よりいい男となるとそうそういないだろう。もったいないなーなんて思っていると、玄関の奥から隆仁が現れた。

先ほどの会話から傷付いているのではと心配したが、隆仁はいつもの通りの爽やかな笑みを浮かべていた。

「何か忘れ物ですか？」

「いや、ちょっと渡したい物があって」

錬が行きつけの格安スーパーは、ゲリラセールで激安商品を売り出すことがある。今日は二時にマヨネーズのセールがある、と仲良くなったパートのおばさんにこっそり教えてもらっていたので入手できたのだ。

「特売のマヨネーズが買えたから、どうかなって」

「あの……何故？」

「今日、いろいろ手伝ってもらったし、絵も買ってもらったから、そのお礼」

こんなものしか返せなくて悪いが、気持ちの問題。

お安いものだが感謝の気持ちは伝わったようで、隆仁は柔らかく破顔する。

「そんなこと。気に入った絵が購入できて満足しているのに、お礼なんて。私がお礼するべき立場でしょう」

「いいからいいから。うちはまだ一本残ってるから、遠慮しないで」

「それなら、ありがたく頂戴《ちょうだい》します。上がってお茶でも――」

「いや、バイト前に画材屋にも寄りたいからもう行かないと。あ、そういえば、隆さんの仕事って休みいつなの？」

「基本的に土日ですが、仕事が入ることもあります。その代わり、平日でも抜けられる時間

があったりするので、その時はこちらへ顔を出します」

「そっか。待ってる」

「待っていて、くれますか」

「差し入れとか大歓迎よ？」

「なるほど、分かりました。差し入れは何がよろしいですか？」

「いやいや、冗談だから！　手ぶらで来て！」

真に受ける隆仁に、慌てて冗談だと断る。優しくて真面目で——真面目すぎてどこか危うい隆仁が心配になる。

仕事の息抜きに、手ぶらでいいから来てくれればいいのにと心から思った。

◆

隆仁が一人でギャラリーのバックヤードに戻ると、キッチンでお茶を用意していた山下美《やましたみ》登利《どり》は、落胆したのか少し肩を落とす。

「森宮様はお帰りですか」

「ああ。せっかく用意してくれたのに、すまないね。代わりに付き合ってもらえるかな」

二人掛けのソファに腰を下ろした隆仁は、錬の分もアイスティを用意してくれていた美登利に、座って一緒に飲もうと誘う。

隆仁の前のテーブルにアイスティをサーブすると、美登利は勧められたソファに座りはしたが、びしっと背筋は伸ばしたままだ。

「息抜きが終わりましたら、仕事へ戻ってくださいね。社長」

美登利の言葉に、プライベート空間になっている二階のデスクに積まれた書類の山が頭に浮かび、どっと肩が重くなる。

しかし、ここで仕事をするからと言って無理矢理に錬と会う時間をもらったのだから、仕方がない。

美登利が座ったのは腰を据えて説教するためかと辟易《へきえき》したが、説教される謂《い》われのある身としては甘んじて受けるしかなかった。

薫《かお》り高いよく冷えたアールグレイを一口いただき、ほっとひと息ついてから隆仁は有能な秘書に頭を下げる。

「無理を言って社を抜けさせてもらって申し訳ない。しかし、息抜きをして気分をリフレッシュさせるのは大事なことだよ」

隆仁の肩書きは、ギャラリー薄明のオーナーだけではなく、金融大手の『城ノ内ファイナンシャルグループ』関連企業の『城ノ内不動産株式会社』の社長でもある。

長ったらしい肩書きと重い役職は、ストレスがたまる。だからストレス発散と芸術活動の支援という名目でこのギャラリーをオープンさせた。

結果、効果はてきめんだったと思う。

オープンさせてすぐに申し込んできたのは、年配の女性ばかりの陶芸サークルだった。作品は小皿や一輪挿しや箸置きなどで取り立てて目を惹くものではなかったけれど、熱心に自分の作品について語ってくれて、その熱気には圧倒された。

見にくる人も友達や知り合いばかりだったようだが和気藹々《わきあいあい》として楽しげで、何かに打ち込んでいる人は年を重ねても活き活きしていると感心させられた。

「生きがいを見いだせる場所は、これからの社会に必要です。こういった場を提供することは、我が社の社会貢献をアピールするのに役立ってくれるでしょう」

「ところで社長……それは？」

小難しい理屈をこねて自己を正当化する隆仁の言葉より、美登利はさっきから隆仁が左手で後生大事に抱えている物が気になったようだ。

「錬くんがくれたマヨネーズです。何やら決まった時間にしか手に入らない特別な品だそうだ。そんな貴重な品をいただけるとは、ギャラリーを始めて本当によかったよ」

ビンテージ物のワインでも眺めるようにうっとりと目を細めてマヨネーズを見やる隆仁から、美登利は軽く視線を外す。

「……難攻不落と呼ばれた社長を落とす必殺アイテムが『特売のマヨネーズ』とは――驚き

です」

「うん？　驚きって？」

「いえ。何でもございません」

あまり表情を変えることのない美登利があからさまに眉をひそめたのに驚いたが、それは一瞬のことで、美登利は「質問は受け付けません」とばかりにすぐにいつもの無表情に戻った。

「マヨネーズは、どう食べるのが美味《おい》しいかな？」

「無難に、サラダでしょうか？」

「そうか。……サラダはあまり好きではないから、困ったな。川原《かわはら》さんに相談してみますか」

川原は、隆仁が家でのんびり食事をしたい際に指名する出張シェフだ。彼ならサラダ以外の料理を考案してくれるだろう。

「それがよろしいかと。予約をお入れしましょうか？」

「私はいつなら家で食事ができるのかな？」

隆仁の問いに、美登利は鞄からタブレットを取り出して隆仁の予定を確認する。

「今週は予定が詰まっておりますので……来週の火曜日ならば十八時にお帰りになれるかと」

「日曜も休めないの？」

「徳治《とくじ》様が帰国されますので空港でお出迎えし、そのままご会食の予定になっております」

「ああ、叔父《おじ》が帰ってくるんだっけ。また仕事が増えるねえ」

叔父の徳治は主に海外での事業に取り組んでいて、二年ぶりの帰国だ。会わないわけにはいかない。

血族や婚姻関係でがっちり固められた企業の一員は、守られる部分もあるがしがらみも多い。むげにもできない相手から無茶なプロジェクトに引きずり込まれる苦労も知らず、周りはただただ『金持ちに生まれれば得だ』なんてうらやむのだから、やりきれない。

「インフラ整備のできていない地域での起業は危険だけれど、事業計画でもなければ最低限のインフラすら整備されない。これも国際社会への貢献と思えば……」

「国際貢献は今の社会において重要ですから」

重要なことと、分かってはいるが疲れる仕事にため息が出る。

自分の会社に、叔父の仕事まで背負《しょ》い込まされる忙しい毎日の中で、錬と関わることだけが隆仁の癒やしのときだった。

「『特売のマヨネーズ』を励みに乗り切ってください」

嘆息して肩を落とす隆仁を、美登利が励ます。

「そうだね。川原さんに、火曜日の十九時で予約を入れておいてください」

「はい。『サラダ以外のマヨネーズを使った料理』をリクエストしておけばよろしいですか?」

「それでお願いします。しかし、食べてしまうのはもったいないな」

食べるならマヨネーズの袋を破らないといけないし、食べたらなくなってしまう。四五十グラムの重みがやけに軽く感じて儚い。

「いえ。賞味期限内に召し上がってください」

「そうだね。せっかくの錬くんの心遣いを、無駄にすることこそもったいないね」

袋はきれいに開封して、容器も食べ終わったら洗浄して保管すればいいだろうと自分を納得させる。

それにきちんと食べて「美味しかった」と伝えたい。

「特売のマヨネーズはどんな味なのか、楽しみだ」

「あの……味は普通のマヨネーズと同じかと」

「そうなの？　でもまあ、錬くんがくれたのだから美味しいでしょうね」

錬と出会ってから、心が浮き立つことが増えた。

錬と会うと元気をもらえる。出会ったときからそうだった。

初めて出会ったのは、電車の中。

普段、隆仁は移動には運転手付きの社用車を利用するのだが、あの日は事故渋滞に巻き込まれ、出先から会社へ戻る途中で立ち往生をした。

まだ事故車の移動もされておらず、通行の再開までどれほどかかるのか分からない状態で待ち続けるのはイライラするもの。

少し歩けば駅があったので、電車で会社へ戻ることにした。

まだ帰宅時間には少し早い電車内はそこそこ空《す》いていて、座ることができた。

乗り合わせた会社員とおぼしき背広姿の男性たちは、誰もむっつりとした顔でスマートフォンを見つめているか、目を閉じて居眠りをしているか。

皆あまり幸せそうに見えない。

しかし、自分だって端から見れば似たようなものだろう。

隆仁は今、業績の悪化した支店を閉鎖するか、リストラして人件費を抑えて小規模でも続けるかの判断を迫られていた。

疲れた顔で電車に揺られるのも、働き先があってこそ。全体を守るために一部を切り捨てるのもやむを得ないこと、と分かっていても気が重い。

「……リストラ、か」

そっと嘆息して顔を上げれば、窓の外の白っぽいピンク色が目に飛び込んできた。

――もう桜の季節だったか。

最後に季節を感じたのはいつだったか。ドア・ツー・ドアで家と会社を行き来するだけで暑さ寒さも一瞬しか感じない暮らしは、無駄がないはずなのにまるで余裕を感じない。

「桜吹雪っていいですよね」

つまらない人生に口元をゆがめたその時、ふいにかけられた言葉に虚を突かれた。

その声の主が、錬だった。

フード付きのコートにジーンズとラフな格好だったが、姿勢がよいせいかきちんとした印象を受けた。

まだ夢も希望もある年だからだろうか、自分に向けられた力強い目はきらきらとして、くすんだモノクロームの世界で彼だけがフルカラーで輝いているように見えた。

自分にも若い頃はあったはずなのに、自分にこんな輝いていた時期があっただろうかと自問してしまうほどの眩しさだ。

陽気な彼は、隆仁と同じく車窓から散りゆく桜を見たようで、今年の桜の見頃に大風が吹いて大変だったなんて世間話をしてきた。

桜が咲いたことすら気づいていなかった隆仁に、自分が描いたという桜の絵を見せてくれた。

その見事なできばえに、彼は画家だと思ったのだが画家と名乗れるほどの実績はない、と笑顔の中に悔しさの混じる複雑な表情を見せた。

けれどその表情には、「いつか堂々と画家と名乗れるようになってやる」という決意がにじんで、その夢がキラキラと彼を取り巻いて光り輝いているようだった。

食い入るように見ていたせいか別れ際に桜のスケッチをくれたが、その絵は明るく爽やかな彼そのままに生命力に満ちていて心惹かれた。

なかなかの腕前だと感心したが、画業だけで食べていけるのはほんの一握りの人だけ、と門外漢の隆仁だってそれくらいは知っている。

たまに投資目的で絵画購入を持ちかけられるが、現代作家の作品は大きな作品でも数百万円程度。

一枚描くのにどれくらいかかるかは知らないが、年に何枚も描けるものではないだろうから、安定した生活を送れるだけ稼ぐのは大変なはずと想像がつく。

世間の荒波に飲まれて揉《も》まれて削られて、彼の輝きはくすんで消えていくかもしれない。

それが何だかとても惜しく思えた。

彼からもらった絵は、表具店で額装してもらって家の玄関に飾った。

帰ってすぐにシャワーを浴びて寝室のベッドへ潜り込むだけだったとしても、ここなら絶対に目に入るし、出かける際にも見られる。

隆仁はこれまで部屋のインテリアにこだわりはなく、ハウスキーパーが花を飾ってくれても特に気には留めなかった。

それなのにこの絵だけは、見ていると作者である彼の笑顔や声まで連想させて明るい気分にしてくれる。

仕事ばかりの毎日に疲れていた隆仁の心に、癒やしをくれた。

リストラなんて、宣告する方よりされた方がずっとずっと辛い。リストラをする側の人間が落ち込むなどおこがましい気がする。それに周りの同じ立場の人たちは、リストラを経営手段の一つくらいにしか考えておらず、隆仁の苦悩は誰にも理解してもらえなかった。

ストレスを発散する趣味でもあればよかったのだろうが、何かに夢中になる気になれなかった。

だから趣味は仕事。ジムで身体を動かすのも、ただ健康に仕事をするため。

仕事上の付き合いで女性が接客するラウンジへ行くこともあるが、個人的に女性と会いたいとも思わない。

そんな風だから同性愛者と勘違いされて、接待でゲイバーに連れて行かれたこともあるが、男性に誘惑されても応じる気にはならなかった。

何にも誰にも興味が持てなかった隆仁の心に、彼はするりと入り込んできたのだ。

彼だけが、他の人とは違う気がした。

それが何だか突き止めたくて、彼にもう一度会いたくなった。

美登利は秘書として有能だが、人捜しまでは無理だろう。だから「どうしてもお礼がしたい人がいる」と調査会社を使って捜させた。

絵をもらったお礼がしたかったのは本当だが、とにかくまた会いたかった。

彼の降りた駅くらいしか手がかりはなかったが、調査会社はさすがプロという速さで見つけてくれた。

彼——森宮錬は、昼間は自宅アパートで絵画制作に取り組み、夕方から深夜まで以前に下車した駅に近い物流倉庫でアルバイトをしていた。

だからアルバイトがある日に時間を見計らって電車に乗れば、また会えると分かった。

ストーカーと思われても仕方がないやり方だったが、「お礼を言うため」というもっともらしい言い訳を盾に会いに行った。

しかしわざわざ調べて捜し出したと知られれば、気味悪がられるだろう。それに、向こうはこちらのことなど忘れているかもしれない。

錬が乗車する駅の一つ手前の駅から乗って彼を待ったが、会えても何と声をかければいいものか。

いざ会ってみると悩んでいたことはすべて杞憂で、錬は隆仁を見るなり明るい笑顔で自分から声をかけてきてくれた。

錬が自分を覚えていて、微笑みかけてくれた。ただそれだけで心が蕩《とろ》けそうなほどの幸福感に包まれた。

まずはもらったスケッチの対価を支払いたかったが、現金は受け入れてくれなかったので新しいスケッチブックを進呈した。それでお礼はできたはずだが、それからも錬と会いたくて、隆仁は何とか時間を作っては電車に乗った。

錬の顔を見て、話ができるだけで彼のやる気が伝染するのか、こちらまで元気になれる。

だが、一緒にいられるのはほんの数十分。

停電でも起きて電車が止まってしまえばいいのに、なんて愚にもつかないことを願ってしまうほど、錬と過ごす時間は楽しい。

もっと錬を知りたくて本格的に描いた絵も見てみたいと話したとき、レンタルギャラリーの話が出た。

早速レンタルギャラリーについて調べて、自宅を改装して副業として経営する人もいると知った。

参考にといろいろなギャラリーを見てみたが、自分が絵を鑑賞するとしたら現代風のシンプルでおしゃれな空間よりも、民家を改装したアットホームな雰囲気の方が落ち着いてゆっくりできそうでいいと思えた。

隆仁の生まれ育った実家は洋館で、大人になってからもマンション住まいのせいか、和風な古民家に憧れがあった。せっかくだからこれを機に一軒所有しようと、彼の生活圏内で売りに出ている民家を探した。

駅近という交通の便のよさを条件にするとなかなか見つからなかったが、物件探しは意外と楽しい。売り物件だけでなく賃貸にも目を通してみると、交渉すれば売ってくれそうな物件があったので、向こうの言い値で買い取ると持ちかけてようやく手に入れたのが、ここだ。

別宅感覚で買ったがここで生活する気はなかったので、一階はレンタルスペースとトイレに、簡単な調理ができる程度の小さなキッチンを備えたバックヤードに。

二階は完全にプライベート空間で、いつでも立ち寄って休憩できるように改装した。

これまで会社とジムと家を移動するだけの味気ない世界だったのが、錬と出会ってから少しずつ色がついてきたかのように、明るく鮮明な世界に変わった気がした。

錬と会う度に新しい色が増えていくようで、隙あらば彼に会いたい。むしろ、ずっと一緒にいたいほどだ。

何とか錬のグループ展に顔を出せる日はないかと足掻《あが》く。

「昼の間に一、二時間抜けられる日はないかな？」

「ございません」

「そう意地悪を言わずに」

予定を確認することもなく即答する美登利に下手《したて》に出て微笑めば、美登利は微《かす》かに眉根を寄せつつも、タブレットで予定を確認する。

「その笑顔がくせ者ですね。……来週の水曜の会議終了後すぐにこちらへ向かい、直接視察へ行けば何とかなるかと」

「それでは、そのように手配してください」

昼食抜きになってしまうかもしれないが、錬に会えるなら大した問題ではない。

水曜日なら前日に食べたマヨネーズの味も伝えることができて好都合だ。

「水曜日か……待ち遠しいな」

ついさっき別れたばかりの錬に、もう会いたい。

錬がくれたマヨネーズを切ない気持ちで抱きしめてため息を漏らす隆仁を見て、美登利は眉間に深々としわを寄せて頭を振った。

◆

待ちに待った水曜日。美登利には運転手と一緒にどこかで食事をしてくるようにと頼み、隆仁は一人、ギャラリー薄明の前で車を降りた。

古民家を改装したギャラリーへは客も靴を脱いで上がってもらうのだが、玄関の来客用スペースに一足の靴もないことに落胆する。

昼時だからお客さんがいないだけ、と思いたい。

「こんにちは。陣中見舞いに伺いました」

「ああ、隆さん。こんちわっす」

手土産《てみやげ》の入った紙袋を掲げてギャラリーに足を踏み入れると、壁際の椅子《いす》に座っていた俊が、手元のタブレットから顔を上げて会釈してくれた。

レンタル期間中は小松も在廊するが、基本的には借り主が在廊して接客に当たる。だが、他のみんなは食事にでも出かけたのか見当たらない。

まずは、真っ先に錬の作品が展示してあるスペースに向かい、作品が売れていないかチェックする。

小松に頼んで毎晩どの作品が売れたか知らせてくれるよう頼んでいたが、今日の午前中に売れてしまった作品があるかも、と気になったのだ。

隆仁にとってはありがたいことに、キャプションカードに赤シールは貼られていなかった。錬の油絵は、六十号の非売品以外には、小ぶりな物が三点。パステル画は隆仁が購入した物も含めて六点。

パステル画は展示会初日に三点と日曜日に二点、と完売してしまって悲しかったが、錬の絵を評価してくれる人がいるのは嬉しくて、複雑な気分だ。

油絵の方は、小ぶりといえど五万円以上の物ばかりなせいか売れていなくてほっとした。

錬の作品は、どれも明るく朗らかな彼の人柄を映したようで見ていて癒やされるので、すべて自分の物にしたかったのだが、独り占めするのは感じが悪いかとパステル画一枚で我慢した。

しかし、最終日まで売れ残った作品があれば、隆仁が購入したことがバレないよう、人に頼んで買い取る算段をつけていた。

絵の無事が確認できれば、次は本人に会いたい。再びタブレットに目を落とした俊に訊ねる。

「錬くんや、他の皆さんは食事に行かれたのですか？」

「いや。みんな裏で飯食ってるんで、早く替われって言ってきてくださいよ」

腹減ったーとぼやく俊を残し、隆仁はバックヤードになっているギャラリーの奥へと向かう。

「お食事中、お邪魔いたします」

『関係者以外立ち入り禁止』のプレートがかかった扉を開けると、むわっとした熱気を感じたが、錬の元気な声がそれを吹き飛ばす。

「あ、隆さん。いらっしゃーい。てか、おかえり、かな？」

「え？　ああ……そうとも言えますね」

ここはギャラリーだが、隆仁の別宅でもある。だから「おかえり」でもおかしくはない。しかしここ十数年一人暮らしで、誰かに「おかえり」なんて出迎えてもらったことがなかったせいか、妙にくすぐったく頬が緩む。

錬がエプロン姿でボウルとおたまなんて調理器具を手にしているせいで、家庭的な雰囲気になっているのもいい。

バックヤードには簡単な料理ができるキッチンと、食事や休憩をするためのスペースがある。錬たちはそこへホットプレートを持ち込んで、お好み焼きを焼いていた。

ホットプレートののったテーブルを囲む小松と智美は、食べる専門のようだ。

小松は普段通り開襟シャツにスラックスだが、智美は日本画家らしさの演出か、涼しげなホオズキ柄の浴衣《ゆかた》を着ている。

二人が食べているお好み焼きにはマヨネーズがかかっていて、これも錬の『特売のマヨネーズ』なのかと思うと、何だか胸がきゅっと痛んだ。

「隆さん？　お好み焼き嫌い？」

お好み焼きを見て眉間にしわが寄ったのを気づかれたようで、錬から心配げに顔をのぞき込まれ慌てて笑顔で取り繕い、手土産を差し出す。

「いいえ、何でも。これ、先日のマヨネーズのお礼です」

「えーっ、お礼にお礼されちゃったら困るんですけどー」

「では、差し入れということで、皆さんで召し上がってください」

「きゃー、ありがとうございます」

錬は手がふさがっているので智美に手渡すと、智美は早速箱を取り出し中身を確認する。

中身は、フルーツゼリーの詰め合わせだ。

「わー、ゼリー。きれい。美味しそう！」

まだ暑い日が続いているので冷たくて日持ちする物を、と美登利に頼んで見繕ってもらったのだが正解だったようだ。

涼しげで見た目も美しいフルーツゼリーを、智美は一つ一つ手にとって吟味し出す。

「キウイに桃に……え？　枇杷《びわ》？　枇杷のゼリーって初めて見た」

「枇杷のゼリー、美味《うま》いじゃん。俺もそれがいい」

私これ！　と枇杷のゼリーをキープする智美に、錬もそれがいいとボウルを置いてゼリーの箱をのぞき込む。

「あー、枇杷もいいけど、ブラッドオレンジも美味そう」

　きらきらと目を輝かせる錬が見られるのなら、ゼリーくらい安いもの。お手柄の美登利には、臨時ボーナスを出さねばなるまい。

「また持ってきますから、好きなだけ食べてください」

「マジで？　ありがとー。お礼にお好み焼き食べてって」

「お礼にお礼をされては困るんですが」

「もー、真似《まね》しないでよ」

　さっきの錬の言い回しを真似ると、錬はけらけらと笑ってくれる。その笑顔だけで十分と思えたが、錬の手料理は食べてみたい。

　交代してほしがっていた俊には悪いが、もう少し待ってもらおう。

　厚かましくもご相伴にあずかることにしてテーブルに着くと、錬は鉄板の空いた部分に油を引き、手際よくお好み焼きを焼き始める。

「毎日こんな感じなんですか？」

　すっかり場になじんでいる小松に訊ねてみると、小松は細い目をさらに細めて笑う。

「ええ。昨日のお昼は岡崎さんの担当で、そうめんでしたが」

　ボーイッシュな咲子は料理も男らしく、薬味も何もなく本当に茹《ゆ》でただけのそうめんをどんとテーブルに置かれたが、見かねた錬が錦糸卵を焼いたそうだ。

「錬くんは料理が得意なんだね」

「料理が得意っていうか、食べるのが好きだから」

「錬くんってば、いい主夫になれるよ。錬くんの料理は安くて美味くて、ホント最高」

冷蔵庫にゼリーをしまって戻ってきた智美は、残っていた自分の分のお好み焼きを頬張《ほおば》り、実に幸せそうな表情で錬を褒め称《たた》える。

「男の人って、やたら凝って材料費のこと気にしない料理をする人いるけど、錬くんはその辺しっかりしてるもんね」

「そうなんですか？」

「スーパーで十分食べられるキャベツの外葉を捨ててく人がいるから、キャベツを買うときはそれもお店の人に断ってもらってくんの。で、硬い外葉はみじん切りにして、中の柔らかい葉は千切り、って切り方を変えてお好み焼きにすると美味いんだよねー」

しゃべりながらも錬は手を止めることはなく、豚肉をのせて刻んだ紅ショウガを散らしたお好み焼きを、フライ返しでひっくり返す。

ジュワワッとよい音を立てて焼けるお好み焼きに、期待が膨らむ。

仕上げに、と錬は素早く手首を返してソースの上にマヨネーズを線状に振りかけ、さらに青のりと鰹節《かつおぶし》をたっぷりとのせた。

「へい、豚玉お待ち」

お皿に取り分けてもらった四つ切りのお好み焼きは、つやりと光るソースとマヨネーズの上で、ぬくぬくと上がる湯気に躍る鰹節と緑色の青のりのアクセントがきいて何とも美味しそうだ。

箸を入れれば、外はぱりっとして中はふんわりしていて、見た目だけでなく焼き加減もいい。はふはふと頬張れば、ソースの甘辛さとキャベツの甘みが合わさって自然と笑顔になれる。

「うん、すごく美味しいですね」

以前、岡山県の取引先の接待で食べたお好み焼きは、牡蠣《かき》の風味が強くてあまり感じなかったが、これは牡蠣が入っていないのでマヨネーズの風味がある。

昨日、シェフの川原は、伊勢エビのマヨネーズオーブン焼きに、キャベツとエリンギとパンチェッタのマヨネーズ炒めに、サーモンとアボカドディップなど、マヨネーズを使った料理を色々作ってくれたが、このお好み焼きの方が隆仁の好みに合った。

「お好み焼きにマヨネーズはとても合いますね」

「お好み焼きにマヨネーズは鉄板よ。次はイカ玉焼くね」

今度は豚肉ではなくイカを入れて焼くようだ。そちらも楽しみで頬が緩みっぱなしになる。

「錬くんは料理も楽しそうに作るんですね。お母様に教わったんですか？」

「んー……母親は俺が小三のときに死んじゃったんで、母親のお手伝いってできなかったな……」

「ああ……そうでしたね」

早くに母親を亡くしたとは聞いていたが、そんなに小さい頃だったとはと胸が痛む。微かに眉根を寄せた隆仁に気づいたのか、錬は取り繕うように明るく笑う。

「でも、姉ちゃんがいたから。姉ちゃんは俺と違って、すげーしっかりしてて。今は結婚して、いいママしてるんだ」

「へえ。お子さんがいるんですか」

「うん。春花《はるか》ってまだ五ヵ月の赤ちゃんで、ぷっくぷくしてて可愛いんだー」

「れーん！　客がおまえの絵見てる！」

バックヤードに顔を覗かせた俊からの呼び出しに、せっかくの話の腰を折られた。

もっと錬の家族の話が知りたかったのに、と残念だったが仕方がない。

「お！　ちょっと行ってきまーす」

在廊する者は、誰の絵を見ている客でも接客しなければならないので、出展者の作品や作者についてある程度は説明できるようにしている。

しかし何といっても作者本人が接客するのが一番だ。

錬は素早く手にしていたフライ返しを隆仁に押しつけ、エプロンも外してギャラリーへ向かう。

「え？　あの！」

「ごめん、後は自分で焼いて」

「私も一応行っとこ」

　智美もすぐに後を追おうとしたが、その前に洗面所へ寄って青のりが歯についていないかチェックして口紅も塗り直してから出て行った。

「ひっくり返さないと、焦げますよ」

　フライ返しを手に呆然となる隆仁に、小松が焼きかけのイカ玉の世話をするよう言ってきたが、どうすればいいのか分からない。

「そうなんですか？　ひっくり返すとは、どうすればよいのでしょう？」

「僕が焼きますよ」

　小松は普段料理をするようで、隆仁から受け取ったフライ返しでひょいとこともなげにお好み焼きをひっくり返した。

　イカ玉が焼き上がっても錬たちは戻ってこないので、冷めないうちに小松と二人で食べながら待つ。

「錬くん……いえ、皆さんの様子はどうですか？」

「問題ないですよ。みんないい子達で。若いアーティストさんと話すのは、なかなか楽しいもんですね」

定年後は博物館や美術館巡りくらいしかすることがなくて暇を持てあましていたという小松は、アーティストたちとの交流が楽しくて仕方がないようだ。

「しかし、今も昔も芸術家っていうのはそれだけで食べていける人は本当に一握りなんで、大変そうですな」

昔から芸術家や音楽家は実家が裕福か、金持ちや権力者がパトロンにでもつかなければやっていけなかったそうだ。

「有名どころでは、ゴッホは画商だった弟に絵を買い取ってもらっていたし、落選続きで晩年まで評価されなかったセザンヌは、父親から援助を受けてましたからねぇ」

「……でも、逆に支えてくれる人がいればいい、と言うことですよね」

「まあ、そうとも言えますかね」

美術の知識がない自分でも、錬の力になれることがあるのなら嬉しい。

ギャラリーへと続く扉の方に目をやれば、ちょうど接客を終えたのか錬と智美が戻ってきた。

「ポストカードとクリアファイル、お買い上げいただきましたー」

「私はカードとハンカチ」

ハイタッチで互いの売り上げを喜び合う錬と智美の微笑ましい様子を見ながら、錬の油絵が売れなかったことにほっとする。

「よかったですね、お二人とも」

「いやー、若い子は活気があっていいですな」

若い二人は、ほんの数千円の売り上げにきゃっきゃと喜ぶ。それを眩しく眺める自分は、定年退職した小松側にグループ分けされるのだろう。

しかし、あの輝きの中に入っていくことはできなくても、守ることならできるはず。

あの笑顔を守るためにできることがあるなら、何でもしてあげたいと強く思った。

錬は売り上げの報告だけすると俊と替わるためギャラリーへ出てしまったので、隆仁も熱いお好み焼きをがんばってかき込んで後を追う。

錬はまた客が途切れて閑散としたギャラリーの窓辺に立って、庭を眺めていた。

何を見ているのだろうと並んで窓の外へ目をやれば、日陰になる庭石の上に茶虎猫が座っていた。

「また来ていますね。どこの猫でしょう」

「隣の仏具屋のおばさんに聞いてみたけど、野良だって」

近所の人がエサだけやっているが、飼ってはいないのでいつもこの辺りをうろついているそうだ。

「隆さん、猫嫌いなの？」

少々困った気分が顔に出てしまったようで、錬から不安げに見つめられる。

猫の絵を描くくらいだから猫好きなのだろう錬は、隆仁が猫を追い払いはしないかと心配しているようだ。

隆仁は猫が嫌いではないが、この庭に居着かれると都合が悪い理由があった。

「こういう趣《おもむき》のある庭に、エサ台を作って野鳥を呼んで眺めたいと思っていたんです」

せっかく和風の家を手に入れたのだから、庭でさえずる鳥の声を聞きながら部屋でのんびりと緑茶をいただきたい、なんて希望を持っていたのに、猫がいては鳥が来てくれないだろう。

「あー、なるほど。今の状態で野鳥を呼ぶと、庭で食物連鎖を見ることになるだろうね」

「それは困ります」

和みたくて野鳥を呼んだ結果、流血の惨事が起こっては和むどころか荒《すさ》むだろう。

「よかったら、俺が防御機能付きのエサ台を作ろうか？」

「そんなことできるんですか？」

「俺、材木店でバイトしてたから木でいろいろ作んの得意だよ。暇だし、材料費だけもらえれば作っちゃう」

「材料費と制作費も出しますので、お願いします」

客がこない時間を使えば作れるというので、頼むことにした。

「まあ、猫も野良なら狩りとかして食べていかなきゃいけないわけだから、邪魔するのもかわいそうなんだけど……隆さんのためだ。許せ、ブサ猫」

「私のため、ですか」

それは、あくまでもギャラリーオーナーへのサービスだとしても嬉しい。

ひっそりにやける隆仁に気づかず、錬は早速設計図を作ろうとノートを取り出す。

「あ、ブサ猫のサイズも測ろっかな」

ノートを広げたかと思えば、今度は防御すべき相手のサイズを把握しようと庭へ出る。

茶虎猫を抱っこして、サイズの測定というよりただなで回して可愛がっているように見える錬の、楽しげな様子を眺めているだけで幸せだ。

「……私は今まで、何が楽しくて生きていたんでしょうね」

大企業の社長で、趣味で古民家を一軒ぽんと買えるほどの金持ち、と人もうらやむ身分だろう自分より、アルバイトで生計を立てつつも好きなことをしている錬の方が、よほど充実した生き方をしているように思える。

茶虎猫と戯《たわむ》れる無邪気な錬を、隆仁は時間が許す限り眺め続けた。

◆

錬にエサ台の制作を頼んだ三日後、早々とエサ台ができたと報告を受けた。

美登利には無表情だが般若《はんにゃ》のオーラで怒られたが、昼食の時間を削り翌朝早めに出勤して埋め合わせをするということで会社を抜け出す時間を作った。

「あの……これが鳥のエサ台、ですか？」

高さは一・五メートルほどで、屋根のついた平台の部分にエサを入れるのだろう、とその部分は分かったが、付属の部位がよく分からない。

エサ台の周りを、葉を払った細い竹の枝が斜め上向きに取り囲んでいて、すかすかと隙間だらけの竹箒《たけぼうき》を逆さまに取り付けたかのよう。支柱もつやつやのアルミで覆われて、妙にメタリックだ。

「何というか、こう……」

「前衛的？」

「ええ。鳥のエサ台というより、前衛アートのようですね」

「一応、意味がある仕掛けなんだけどね」

エサをのせる台を猫が飛び乗れない高さにしようとすると、二メートル以上にしなければ不安だが、あまり高くし過ぎるとエサの補充や掃除がしにくい。

となると、障害物を設置してジャンプしても飛び乗れない工夫が必要。

そこで小鳥はすり抜けられるだろう間隔を空けて、竹の枝でエサ台の周りをガード。

さらに、猫が支柱をよじ登れないよう、爪を立てられないつるつるのアルミ板を巻いた。

立体造形が専門の俊からは「有刺鉄線を巻けばいい」とアドバイスを受けたが、殺伐としすぎて庭の雰囲気と合わないし、何より猫が怪我をしたらかわいそうなので却下したそうだ。

食物連鎖を防ぎたいだけで、猫にも怪我をしてほしくはない。錬の思い遣《や》りがこもっていると思えば、どれほど奇抜でも許せる。

「——とまあ、すべては必然で、あの形なわけですよ。実際、登れなかったもんなー、ブサちゃん」

錬は抱っこした茶虎猫に得意げに語りかける。

一応、エサ台に猫のエサを置いて茶虎猫が飛び乗れるかどうか試したそうだが、前脚をかけた支柱のアルミがつるつるで爪を立てられないと分かった段階で諦《あきら》めたという。

成功したのならよかったと思ったのだが、まだ不安があるのか錬は表情を曇らせる。

「考えられる限りの対策はしたけど万全ではないし……」

「他にも気になることが?」

「いや、こんだけ猫排除姿勢を前面に打ち出したら、ブサ猫が可愛そうかなって気もするんだよね」

猫にこのエサ台が猫よけ仕様になっていると分かるかどうかは知るよしもないが、鳥がいるのに捕まえられないのはストレスで、もう庭に来てくれなくなるかもしれないのは寂しい、ということらしい。

腕に抱いた茶虎猫に「ごめんよー」と頬ずりする錬が可愛くて、何とかしてやりたくなる。

「それなら、この猫は家で飼いましょうか」

基本的に、猫は室内飼いの方が安全だし長生きをすると聞く。自分がいないときも、小松に頼むかペットシッターを雇うかして世話をしてやればいい。

それで錬の憂いが晴れるなら、もう一人雇うくらい安いものだ。

「え？　ホントに？　だったら、俺も世話しに来るから！」

「いいんですか？　そうしていただけると助かります」

錬がずっとここへ来てくれるようになるなんて、嬉しい誤算に思わず顔がにやける。

「だけどブサ猫って、本当に野良かな？　すごく人なつこいし」

野良猫だというのは、あくまでも隣人からの情報。もしも飼い主がいるとしたら、窃盗になってしまう。

そうならないよう、二人して対策を考える。

「張り紙貼っとこうか『この猫を保護しています』みたいな」

「いいですね。保健所や警察にも連絡を入れておけば、飼い主さんが捜していた場合は返してあげられますし」

「ギャラリーの入り口にも『猫がいます』って張り紙しないと。サイトにも猫がいるギャラリーだって断りを入れなきゃ。世の中、猫好きさんばかりじゃないし、猫アレルギーの人は困るだろうし」

猫がいるギャラリーなら借りたくない、入りたくないという人も当然いるだろう。

展示物によっては猫がじゃれつかないとは言い切れないので、基本的に二階で飼うことに決めたが、告知はきちんとすることにした。

元々二階はプライベートで使うつもりで、階段には鍵《かぎ》のかかる扉を取り付けてあった。廊下の途中にある扉を開けるといきなり階段があるという不自然な造りになってしまい少々不満だったが、改装しておいてよかった。

「猫を飼うには、いろいろと解決しないといけない問題があるんですね」

ただ住まいとエサを提供してやればいいだけだろうと高をくっていたのに、生き物を飼うということがこんなに面倒なこととは思わなかった。

「俺も動物飼うのって初めてだから、楽しい！」

隆仁は少々うんざりしていたのだが、錬は問題を解決する案を考えるのも楽しんでいた。他にはどんなことを注意すればいいだろう、と考える表情まで生気にあふれてきらきらしている。

「お家ができてよかったなー、ブサ猫」

「その呼び名はちょっとかわいそうでは？」

「そうか、名前！　飼うなら名前がいるよね。ここは、隆さんが何かびしっといい名前をつけてやってよ」

「いい名前、ですか……」

期待に満ちた眼差しがプレッシャーだ。「いい名前」というからにはタマやトラといったよくある名前では駄目だろう、と縁起がよくて響きがいい名前はないかと考える。

「……フクちゃん？」

命名案を聞いた途端に、錬はぶほっと吹き出し、そのまま身体を揺らして笑う。

「フ、フクちゃんって、ちゃん付けとか、かんわいー！　もーっ、めちゃきゃわ、可愛い！」

ふくふくした丸い身体に福々しいをかけてみただけなのだが、錬の笑いのツボにはまったようだ。

錬は抱っこした茶虎猫を左右にゆらゆら揺らしながら、「フクちゃん、フクちゃん」とご機嫌で繰り返し、茶虎猫は迷惑そうな顔をしながらも太いしっぽをゆっくり振ってまんざらでもなさそうな様子だ。

「フクちゃんかー、いいね。隆さんってば、可愛いなー」

「可愛すぎましたか。もう少し、落ち着いた名前の方が？」

「いや、隆さんが、可愛すぎっ」

「はい？　私が？」

もうすぐ四十路《よそじ》のおじさんの、どこに可愛い要素があるのか。

真剣に考えそうになって、からかわれていると気づく。

「可愛くないおじさんが、可愛い名前をつけてしまってすみません」

「いやいや、隆さんは可愛いおじさん……ってか、隆さん見た目は若いのに中身は余裕があるっていうか落ち着いてるから、年齢がよくわかんないなあ。幾つなの？」

「もう三十九です」

「まだ三十九歳、でしょ。でも隆さんっていい意味で歳を重ねてる感じがして、格好いいよね」

「……あんまりからかわないでください」

「格好いいのに、そうやって照れちゃうと可愛いんだよねー」

苦情を申し立てても、茶虎猫を抱っこして楽しげに笑う錬を見ていると、こちらもつられて笑ってしまう。

一緒にいると笑顔になれる錬と、もっと一緒に過ごせればいいのにと願わずにいられなかった。

◆

人なつこい態度、屈託のない笑顔、好奇心できらきらの目、楽しげな口調。

錬は輝くほどに若くて才能があり、友人も多い。

仕事上の付き合い以上の親友と呼べる相手もいない、つまらない自分とは違いすぎる。

すべてが眩しくて、太陽のように直視することができない。それなのに、気がつけば目で追ってしまう。見ていたいのだ。

茶虎猫のフクちゃんをギャラリーで飼いだしたおかげで、作品展が終わってからでも錬は週に何度かフクちゃんの世話をしにギャラリーへやって来るようになったが、隆仁の自由になる時間は相変わらず少ない。

「フクちゃんの様子を送ってほしい」という名目でSNSで連絡を取るようにはなったが、当然のように送られてくるのはフクちゃんの写真。

たまに小松が撮影したのかフクちゃんと錬のツーショット写真も手に入るけれど、錬と頬を寄せ合うフクちゃんにまで嫉妬《しっと》してしまう自分の狭量さに落ち込む。

錬に会えない代わりに、錬が抱きしめたフクちゃんを抱きしめにギャラリーへ行く、という虚《むな》しい代償行為で己を慰める日々が続いていた。

今日も夕食は取引先との会食で、先方の指定で創作イタリアン。最近流行の人気店だそうだが、今の隆仁にはどんな料理よりマヨネーズたっぷりのお好み焼きを錬と一緒に食べる方がきっと美味しく感じるだろう。

個室の扉がノックされる音に、隆仁は楽しい妄想を打ち消し、背筋を伸ばして居住まいを正す。

「あの……社長」

珍しく戸惑った様子で入室する美登利の声をいぶかしく思ったが、彼女の後ろに立つ意外な人物に戸惑いのわけを知った。

ネイビーのシンプルなワンピースに、黒髪をきっちりと編み込んだ女性。以前はどこか子供っぽいところがあって頼りなげだったが、今は二十八歳の年相応に落ち着いた大人の女性に見える。

「……静香《しずか》さん」

「お久しぶりです。隆仁さん」

そう言って深々と頭を下げた田川《たがわ》静香の後ろには、もう一人スーツ姿の男性が立っていた。

「このようなだまし討ちでお時間を取ってしまい、申し訳ございません」

静香を守るように前に踏み出して頭を下げた彼女の夫の田川聡《さとし》は、隆仁より三歳年下だったはずだがずいぶん老けて見えた。

しかしあれから四年も経《た》ったのだから、変わっていて当然だと思い直す。

自分もそれだけ年を取ったはず、なんて冷静に考えていることが滑稽に思えて微笑めば、緊張した面持《おもも》ちの二人は拍子抜けしたように目を見開く。

罵倒されることも覚悟してきたのだろう。

だが自分を裏切った二人を前にしているのに、隆仁の心は凪《な》いで穏やかだった。

「どうぞ、おかけください」

隆仁は、かつての婚約者と、その駆け落ち相手である自分の元秘書に、穏やかに椅子を勧めた。


展示物のないギャラリーは、がらんとしてどこか寂しい。

間接照明の薄明かりが、スポットライトのようにグランドピアノを照らす。

ギャラリーの隅に追いやられた古いグランドピアノは、誰に弾かれることもなく、ただここにある。

不要な存在に親近感を覚えて、隆仁はその脚元に座り込み、ぼんやりとスコッチウイスキーの入ったグラスを傾けていた。

長年調律もされていない埃《ほこり》を被《かぶ》ったグランドピアノなんて、本当は捨ててもよかった、いや、場所を取るだけだから捨てた方がよかった。

なのに捨てられなかったのは、未練があったからだ。

——いつかまた、弾けるようになるかもしれない。

そんなことを思いながらもピアノに背を向けてから、もう二十年以上経つ。

子供の頃は、ピアノを弾いているときが一番楽しかった。勉強もスポーツも嫌いではなかったが、隆仁の心を一番魅了したのはピアノだった。

音楽好きの母親は、隆仁の三つ上の兄の義仁《よしひと》にもピアノを習わせようとしたが、義仁は興味を示さなかった。だから隆仁がピアノを弾くようになったことを喜び、音楽大学の教授を呼んで個人レッスンを受けさせた。

適切な指導に、長い腕と大きな手というピアノを弾くには有利な体格の隆仁はめきめき上達し、コンクールの小学生の部で上位入賞の常連になった。

たくさんの人に自分の演奏を聴いてもらえて、評価してもらえるのが嬉しくて、ただただ上達することを喜びに隆仁はピアノに向かった。

ピアノを通じた友達もできて、学校で嫌なことがあってもピアノを弾けば忘れられる。充実して幸せな日々だった。

しかし中学二年生のとき、全国レベルのコンクールで優勝をした際に現実を知った。

それまで、自宅での個人レッスンだった隆仁に練習仲間はいなかったが、コンクールや発表会で何度も顔を合わせる子達とは仲良くなって、友達だと思っていた。

しかし彼らは仲の良いふりをしていただけで、隆仁のいない控え室で隆仁のことをひどい言葉でののしっていたのだ。

「プロになる気もないくせに邪魔なんだよ」

「親の金で審査員を買収してるくせに、実力で勝ったみたいな顔してさ」

「そうだよ。審査員にレッスンしてもらってりゃ、勝てるに決まってるよな」

盗み聞きする気はなかったが、扉の外まで聞こえてくる中傷を、隆仁はノブを握ったまま凍り付いたように聞いていた。

このまま中へ入って反論したかったができなくて、隆仁はその場から逃げ出した。

父親は義仁だけでなく隆仁も自分の事業に参加させる気でいるのを感じていたので、ピアニストになりたいとまでは思っていなかった。

賞の買収を親に頼んだことなどないが、音楽関連のコンクールにはよく城ノ内ファイナンシャルグループが協賛金を出しているので、審査員が忖度《そんたく》して隆仁に高得点をつけた可能性がないとは言えない。

――僕はただ、自分のピアノをみんなに聴いてほしかっただけなのに。

だけど、それがプロのピアニストになりたくてがんばっている人の邪魔になるのなら、よくないことだと思えた。

でもそれならばコンクールに出なければいいと気持ちを切り替え、これからは趣味としてピアノを楽しもうと思ったのだが、できなかった。

いつもにこにこと接してくれていた、友達だと思っていた子達からあんなに嫌われていたなんて。

ピアノに向かう度にひどい言葉が頭の中で蘇《よみがえ》り、グラグラと目眩《めまい》がしてピアノの前に座っていることもできなくなった。

大好きだったピアノを見るのも音を聴くのも嫌になって、ピアノのある部屋に足を踏み入れることもしなくなった。

母親は残念がったが、そろそろ勉強に力を入れたいからと言えば反対もされず、それきり一度もピアノを弾くことなくここまできた。

大人になってからは、流石《さすが》にピアノの演奏を聴くことはできるようになったが、相変わらず演奏しようとまでは思えなかった。

「今日は、やたらと過去が押し寄せてくるなぁ……」

数時間前に、忘れたかった四年前の出来事と向き合ったせいで、連鎖して思い出してしまったのだろうか。

何かつまみになる物はないかとキッチンへ行こうとして立ち上がりによろめき、ピアノの屋根に手をつく。

ひんやりした木の冷たさが酔った身体に心地よく、そっとピアノをなでる。

「ごめん。……おまえが悪いわけじゃないのにな」

好きだったピアノに背を向け、結婚しようとした女性には逃げられ、自分には何もないんだという虚無感が改めて襲いかかってくる。

何も考えたくなくなってピアノの前の椅子に崩れるように腰を下ろせば、何故か手が鍵盤《けんばん》の蓋を開ける。

規則正しく並んだ白黒の鍵盤がやけに真面目に見えておもしろくなくて、鍵盤の上に指を滑らせるグリッサンドをしてみた。

久しぶりに感じた鍵盤の重みと反発と、音。

もっと感じたくなった隆仁は、きちんと椅子に座って鍵盤と向き合う。

ポンポンと軽く鍵盤をはじけば、音は割れて鍵盤の戻りも悪い。やはり調律が必要だが、音は出る。

調子外れのピアノが今の自分にはふさわしいと思えて、隆仁は指の動くままに鍵盤を叩いた。

「意外と、身体が覚えているものだな――ん？」

一曲弾き終えてひと息つくと、コンコンと扉をノックする音がして、そおっと扉が開く。

その隙間からひょっこりと錬が顔を覗かせた。

「おっ邪魔しまーす。今ピアノ弾いてたの、隆さん？」

「ああ……外まで聞こえていましたか」

「ちょーっとだけ。玄関前まで来たら聞こえた程度」

近所迷惑になっていなかったのならよかった、と安堵《あんど》する隆仁に、錬はテンション高く迫ってくる。

「なーんか、めっちゃポンポポポポいっててすごかったんだけど！　隆さん、ピアノ上手いね」

「『ポンポポポ』ですか。ははは、そうですね」

錬の陽気な言い方がツボにはまって、声を立てて笑ってしまう。

少しアルコールが回って、理性が緩んでいるようだ。

弾いていたのは、ベートーヴェンの『ヴァイオリン協奏曲 ニ長調　第三楽章』――静香が好きだったロンド。

いつか、彼女のヴァイオリンと一緒に演奏ができたらと思っていた。彼女となら、またピアノを弾けるようになれるかもと期待したけれど、淡い夢は幻に終わった。

静香が好きだった曲を、どうして選んでしまったのか。

自分で自分を落ち込ませる器用さにため息が出る。

「ははっ……よりにもよって、どうしてこの曲を……」

彼女のために弾けたらと思った曲を、今更どうして。

自分の考えていることが分からなくて、混乱して笑ってしまう。

「隆さん、ご機嫌？　つーか、結構酔ってるね」

「ああ、失礼。……そうかも、しれないです」

ボトルを見ると思ったより中身が減っていたので、ダブルで三杯ほど飲んでいるだろうか。

酒は付き合いで飲む程度なので普段は羽目を外さないよう自制していたが、今日は何も考えず口に運んでいた。

「何？　何かいいことあった？」

アルコールのせいか、思考回路が上手く働かない。顔をのぞき込むようにして訊ねてくる錬に、上手いごまかしも浮かばず馬鹿正直に答えてしまう。

「逃げた婚約者に会って、やけ酒をしていました」

「え！　婚約者って……逃げたのは奥さんじゃなくて、結婚前に逃げられたってこと？　それって、あの眼鏡の人とは別の人？」

「眼鏡の人？　……もしかして、山下さんのことかな？　彼女は会社の……まあ、同僚のようなもので。仕事上付き合いがある人です」

「えっ、そうなの？　ホントにそれだけ？」

何故だか疑わしげな目を向けられたが、他に女性の影がないので勘違いされても仕方がないだろう。

「彼女は有能で……彼女も私のようなぼんくらは好みではないでしょう」

「いやいや。隆さんはぼんくらじゃないし、あの人だって彼氏がいたから、隆さんのこと――っとと……いや、その……盗み聞きしたわけじゃなく、えっと……」

「錬くん？　そんなこと、よくご存じですね」

プライベートに立ち入るような会話はあまりしないので美登利に彼氏がいるとは知らなかったが、それ以上に錬が彼女といつの間にそんな話をしていたのか気になった。

しかし錬はごにょごにょと言葉を濁す。

「いや、その、ちょっと小耳に挟んだだけ！　ってことで、えーっと、と、とにかく！　隆さんは優しくっていい人なのに、婚約者さんってば見る目ないね」

「いい人は、婚約者に捨てられませんよ」

「いやいや！　隆さんは誰にでも優しいから、婚約者さんは不安になって逃げちゃった、とかかな？」

「誰にでも、優しいつもりはありませんが」

「優しいって！　俺なんか、ずーっと優しくされっぱなしよ？」

「ですから、誰にでも優しくしているわけではないです」

どうでもいい人にまで優しくした覚えはない。錬は大切な人だから、優しくしていただけのこと。

しかし錬は、隆仁が酔っ払って支離滅裂なことを言っているだけだろうと受け流す。

「ところで、フクちゃんはどこ？」

「さあ……ピアノがうるさくて二階へ逃げたのではないでしょうか」

錬はフクちゃんの世話をしに来てくれたようだ。いつでも来られるように、と家の玄関と階段へ続く扉の鍵はすでに渡してある。

フクちゃんはこれまで自由に外を歩き回っていたのに急に家に閉じ込められて、体調を崩したり暴れたりしないかと心配した。しかし最初の三日ほど人が出入りする際に外へ出ようとすることはあったが出さないよう気を付けていると、あっさりと諦めた。

今では生まれたときからずっとここで暮らしてます、と言わんばかりの態度でくつろいでいる。

エサと水の自動給餌器《きゅうじき》はセットしてあるが、トイレは掃除してやらなければならない。それに、錬はフクちゃんの顔を見たいから来るのだ。

錬がフクちゃんの世話をしに二階へ上がってしまうと、また気が抜けて床に座り込んでグラスに酒を注《つ》いでしまう。

「おっ、きれいな青！　ウイスキー？　俺も飲んでいい？」

ギャラリースペースへ戻ってきた錬は、床に置かれたウイスキーの瓶に目を輝かせる。

「ええ。どうぞ」

「すげー、きれいな青。透明感のある青って、表現が難しいけど好きなんだよね」

青い角瓶のウイスキーを手に取り、まずはその瓶の美しさを愛《め》でる錬の美に関する執着に、口元がほころぶ。

ジョニーウォーカーブルーラベルは、元々客をもてなすようにブレンドされたウイスキーなので、一人で飲むのも味気ない。相伴してくれる相手ができてよかった。

ついさっきまで一人でいたかったはずなのに、錬の存在は心をがらりと変えてしまう。

「グラスはキッチンに――」

「自分で取ってくる」

そう言って、勝手知ったる奥のキッチンから大きめのグラスを取ってくる錬に、思わず吹き出してしまう。

どれほど飲む気だと思ったが、錬はグラスの底に一センチほど注いだだけだった。

「ん……甘い。けどちょいきつい。やっぱ割ろ」

どうやらハイボールにするつもりだったようだ。冷蔵庫から炭酸と氷を出してきて、とくとくと注ぐ。

「んーっ、んまっ。あ、隆さんも炭酸いる？」

「いいえ。私はこれで」

ハイボールもいいが、香りを楽しむにはストレートの方がいい。

口に合ったのかグビグビ飲み干す錬を肴《さかな》に、チビチビグラスを傾けるのもいいものだ。

「もう一杯？」

「ううん。いい。もう頭がふわーってなっていい気分だから、もういい。……酒は飲んでも飲まれるなってね」

きゃははと陽気に笑ったが、何だか目が据わっている。錬はハイボール一杯で酔っ払ったようだ。

頬どころか額まで赤くなっているのが、何だか可愛い。

「元婚約者に会ったって、街でばったりとか？　めちゃ気まずそう」

アルコールで気が緩んだのか、錬は訊きたいことをそのままずばずば訊いてくるが、訊かれて困ることでもないので、隆仁も淡々と答える。

「いえ……駆け落ちした先からこちらの親元へ戻るに当たって、挨拶に来られたんです」

見合い相手の水谷《みずたに》家は、古くは戦国武将のお家柄で昭和の時代に鉄鋼業を起こし、現在では精密機器とエネルギー産業を展開している水谷グループの創始者一族だ。

その水谷家令嬢の静香は、世が世ならお姫様というだけのことはある淑《しと》やかで明るい女性だった。

隆仁と静香の結婚は、金融関連の事業を強化したいと考えていた水谷家から持ちかけられた、家同士の繋《つな》がりを重視したものだった。

出会いは見合いだったが、静香は趣味でヴァイオリンを弾いていて、子供の頃にピアノを弾いていた隆仁とは音楽の話で意気投合した。

静香からピアノとヴァイオリンのセッションを頼まれたが、まだピアノと向き合う自信がなくて「もう腕がなまってしまって」と言い訳をして避けた。

だが一緒にコンサートやオペラに出かけるのは楽しくて、彼女とならばよい夫婦になれる、いつか夫婦で協奏できる日がくると思っていた。

結婚話はトントン拍子に進んだが、婚約が整った頃に隆仁の仕事が忙しくなり、二人の時間がなかなかもてなくなった。

チケットを取っていたコンサートへ行く時間もなく、かといって彼女を一人で行かせるのも申し訳ないので、クラシック好きだった秘書の田川聡に彼女のエスコートを頼んだ。

二人は何度も顔を合わせていたし、田川は隆仁の事情もよく分かってくれている。

何より、彼に任せれば安心だと信頼していた。

田川は仕事の段取りがよく、プライベートでも音楽鑑賞に読書にボルダリング、と多趣味で話題も豊富だから一緒にいても楽しいだろう。そう静香のためを想っての人選だった。

だが静香は、仕事仕事でデートはおろか結婚式の準備にも顔を出さない隆仁よりも、側《そば》に寄り添い相談に乗ってくれる田川に惹かれていったようだ。

そうして結婚式の一ヵ月前に、二人は何もかも捨てて駆け落ちをした。

初めは、信頼していた二人に裏切られたことにショックを受けたが、結婚の一ヵ月前だというのに静香がどんなウエディングドレスを選んだかすらも知らなかった自分に気がついて納得がいった。

衣装も式場も何もかも、彼女一人に任せて自分は仕事をしていたのだ。こんな男と幸せな結婚生活は送れない、と見限られて当然だった。

すべては自分がまいた種。

口さがない世間には、静香が隆仁の秘書と駆け落ちしたことは知れ渡っていたが、隆仁は「マリッジブルーに陥った彼女を思い遣ることができなかったせい」と自分に非がある形で破談になった、と周りに頭を下げて回った。

自分が悪かったと思ったのでそうしたのだが、彼女の親からすれば娘をかばって体面を保ってくれたことに恩を感じたようだ。水谷家は娘の静香は勘当して縁を切ったが、隆仁のことは息子同然に扱うと公言し、実際に大きな取引を隆仁の会社に任せるようになった。

おかげでメンツをつぶされた城ノ内家もこの話を蒸し返すことはなく、むしろ隆仁の結婚話はタブーとなり、誰も静香のことを口にしなくなった。

ただ隆仁は、勘当された静香と失職した田川のことが心配で内密に調べさせると、二人は田川の故郷で安アパートを借りてひっそりと暮らしていた。

写真も何枚か見せてもらったが、おそらく静香がそれまで行ったことすらなかったような小さなスーパーに二人で買い物に出かけ、仲睦《なかむつ》まじく暮らしているようだった。

安心すると同時に、何もかも失ったはずの二人が幸せそうで、取り残された自分だけが惨めな気がして、隆仁も二人のことは考えないことにした。

知らない場所で幸せに暮らしてくれていればいいと思っていた。

だが一年前に子供が生まれたことで、孫可愛さに静香の父親が勘当を解いて呼び戻そうとしたようだ。

戻ってくればまた噂の種になるだろうが、子供の将来を考えれば静香の実家に帰った方がプラスになる。しかしこちらに戻ってくるならば、迷惑をかけた隆仁への直接の謝罪が不可欠と考えたのだろう。

「――隆さん？　気分悪いの？」

「ああ、いえ。すみません、ちょっと酔いが回ってきたようで、面目ない」

当時を思い返して、ぼんやりとしてしまっていたようだ。心配げにこちらを見つめる錬に、何でもないですと笑顔で取り繕う。

「別れてから一度も話す機会がなかったので、話せてよかった。お子さんもできて幸せそうでしたし」

「謝って許してもらって、自分がすっきりしたくて来たんじゃないの？　ずるいよ」

謝れば、優しい隆仁は許すと分かっていて謝った。

悪いと思っているからではなく、許しがほしくて謝っただけだと推察する、錬の考えは当たらずといえども遠からずだろう。

「それでも、いいです。彼女の気が楽になったのなら」

「……まだ、好きなんだ。元婚約者さんのこと」

自分を捨てた相手をかばうのはまだ未練があるからだろう、と諦めの悪さを呆れたのか錬は眉間にしわを寄せる。

「え？　……それは」

静香のことは初めから「好ましい人」だとは思った。

家柄の釣り合いが取れて、同じ音楽という趣味がある。結婚相手として申し分のない人だった。

ただ、どうしても彼女でなくてはならなかったかと問われると、答えに窮する。

隆仁の周りでは、『結婚』とは家同士の繋がりが重視され、恋愛感情はあれば望ましい程度の付属品でしかなかった。

そんな環境で育った隆仁は、深く考えることもなくその慣習に従った。

同じように育った静香も、似たようなものだったのだろう。けれど彼女は、本当に愛する人を見つけてその人の元へ行ったのだ。

それならば、その方がいいと思えた。

「好きではあったし、幸せになってほしいと心から願っています。だけどそれは……もう、無関心だからだろうね」

「好きの反対は、嫌いではなく無関心、ってやつ？」

「そうですね。なくしたものを、いつまでも想っていたって仕方がないですから」

「『仕方ない』か、そうだよね。俺、『仕方がない』って言葉、結構好きなんだ」

一般論として、物事を簡単に諦めるのはあまりよいこととされていないが、どうしようもないことだってある。

それを自分に言い聞かせるのが『仕方がない』という言葉だという。

「錬くんが、『仕方がない』と諦めたものは何ですか？」

かつて諦めた何かが思い出されたのか、酒で赤らんでいた錬の目元がさらに赤くなり、目が離せない。

錬が『仕方ない』と諦めたものが知りたい。

黙って見つめる隆仁から軽く目を逸らし、錬は淡々と語り始めた。

「俺の場合は、奨学金かな。絶対確実に取れるってみんなから言われて、自分でも自信あったし。だけど、怪我なんかしちゃって……。自分のドン臭さに泣いたわ」

その当時の錬は材木店でアルバイトをしていたそうだ。

建築業者やホームセンターへ卸す木材を切り出したり運んだりする力仕事で、きつい割に時給は普通。

しかし余った木ぎれを好きなだけもらえたので、それでキャンバスを自作して自分で使用したり友人に格安で販売したり、と出費を抑えつつ小遣い稼ぎまでできるありがたい職場だった。

材木店はぎりぎりの人数でやっていたので、錬は大事な進学をかけた卒業制作時にも休めず、いつもどおり働いた。

そして、トラックへの積み込み作業中に荷崩れした木材に右手を挟まれ、打撲と人差し指を骨折する怪我を負った。

治療費は材木店の労災保険で何とかなったが、利き手を怪我しては思うように描けず、不本意な出来で作品を提出するしかなかった。

結果は、どんな理由であれ作品の出来がすべてで、四年制への編入は叶わなかった。

「悔しくて情けなくて、しゃくり上げ過ぎてゲロ吐くまで泣いて……喉が詰まって息できなくて死ぬかと思った。それで、人間は悲しくても死なないけど、泣きすぎると死ぬこともあるんだーって……。だからっ、泣いたって仕方がない。死にたくなきゃ泣いてないで笑って生きなきゃって、思ったわけですよ」

「だから君は、いつも笑っているんだね」

錬は今もおどけて笑っているけれど、その目が潤《うる》んでいる。

どんなに辛いときでも、人前では涙を見せずに笑い飛ばしてきたのだろう。

――どうしてその時、自分が錬の側にいなかったのだろう。

側にいれば、どんなことをしてでも守ったのに。

錬が泣いているときには側にいたい、側にいて助けになれたらと思う。

「君はとても、強い人ですね」

「強いっつーか、開き直ってるつーか？　なるようにしかならないけど、なるようにはなるし？」

酔っているのか、少し支離滅裂になっている。そんなところも愛《いと》おしい。

見つめる隆仁の視線がくすぐったいのか、錬は気まずげに首筋をかく。

「隆さんは、いい人だよね」

「……そうでしょうか」

「優しくて、懐《ふところ》広くて、結構力持ちで。元婚約者さんってば見る目ないねー。隆さんみたいにいい人捨てるなんて。――よし、俺が拾っちゃう」

「え？　錬、くん……」

ぎゅうっと抱き付かれて、冗談だと分かっているのに自分も錬の背中に腕を回して抱きしめ返してしまう。

しっかりと筋肉がついた身体に、女性のような柔らかさはない。それでも、手放しがたいほどに心地よい。

静香を失ったときにはわき上がらなかった感情があふれて、錬に対する自分の想いに気づいた。

あの当時の隆仁は静香の笑顔が好きで、笑っている彼女と一緒にいたいと思った。

しかし、自分の元を離れていく静香を、それが彼女の望みならと黙って見送り復縁の努力をしなかった。

けれどもしも、錬が自分の側から離れようとしたなら、全力で止める。

他の誰かに奪われるなんて、考えただけで背筋がぞっと寒くなり、錬を抱きしめる腕に力が入る。

「隆さん？」

「ああ……すみません。痛かったですか」

腕の中で身じろぐ錬に、我に返って身体を離す。それでも、錬の肩に置いた手は未練げに離れるのを拒む。

「静香さん――私の元婚約者ですが、彼女に去られたとき、ショックでしたが仕方がないとも思いました。仕事に明け暮れ、デートはおろか結婚式場の下見まですっぽかしては、愛想を尽かされて当然でしたから」

至近距離で見つめ合いながら話す不自然な体勢を、酔っているせいか錬は受け入れて普通に会話に応じる。

「あー、彼女より仕事優先しちゃったパターン？」

それは女の人怒るね、と納得した錬はうんうんと頷く。

「しかし私事を優先して会社に損害を与えるなんてできません。だから仕事を優先した私の行動は正しかった。ですが、本当に好きな相手なら、睡眠時間を削ってでも会いに行ったり、電話して声を聞くくらいのことはしたはずですよね」

一日だけでもと無理矢理時間を作って会いに行ったり、ふとした拍子に「今頃何をしているんだろう」と思いを巡らせたりしてしまう――それが本当に好きな人だろう。

そう結論づけて、じっと錬を見つめる。

すべてが当てはまる、本当に好きな人。

漠然と分かっていたが目を逸らしていた事実と向き合えば、言葉は嘘みたいにするすると出てきた。

「同性でずっと年下で……ですがあなたのことは、仕方がないと諦めたくないほどに、好きです」

「えと……隆さん？」

酔っ払ってるね、と問いかけるみたいに微笑む唇に、引き寄せられるようにしてそっと唇をかさねた。

錬は、大きく見開いた目でじいっと見つめてくる。驚きすぎて、思考も行動も止まってしまったのだろう。

だが隆仁の方も、自分のしでかしたことに驚いていた。

キスなどする気はなかったはずなのに、あの唇に触れたいと思ったときには、もう身体が動いていた。

「えーっと……」

しばし無言で見つめ合ったのち、錬の唇が微かに開く。その唇からどんな言葉が漏れるのか、隆仁は固唾をのむ。

「キスするとか……ホントに俺のこと、好き、なの？」

戸惑ってはいるが怒ってはいそうにない反応に、ほっと肩の力が抜ける。ただ、錬はほんの冗談と思っている可能性はある。

酔っ払いの冗談や悪ふざけではないと伝えたくて、真剣に向き合う。

「はい。好きです。ずっと、錬くんの笑顔と絵に惹かれていました」

何のひねりもない直球の返事に裏があるのではと疑っているのか、錬は眉根を寄せて頭をかく。

「んー……俺の絵が気に入っただけ、ではなく？」

「絵も好きですが、人柄と容姿も。こんな私でも拾うと言ってくれる物好きなところも、すべてが好きです」

「隆さんみたいないい人が落ちてたら拾いたいとは思ったけど……。実際のとこ、拾うってつまり、俺が隆さんと……付き合うってこと？」

「駄目でしょうか？」

「駄目というか……。隆さんは俺なんかに拾われて、それでいいの？」

「錬くんに、拾っていただきたいです」

こんな冴《さ》えない男を拾うどころか目をやってくれる人すらいないと思うが、拾われるなら錬がいい、というより他の人に拾われくらいならそのまま地べたに転がっていたい。

錬とだけ、一緒にいたいのだ。

「ちょっとここはっきりさせたいんだけど」

きりっと表情を引き締める錬につられ、こちらも緊張して身構える。

「女の人に逃げられたから男の俺と付き合おうとか、そういうネガティブな発想で言ってるんじゃないよね？」

「はい。錬くんが、錬くんだから、お付き合いしたいんです」

「んー……。それ、いつから？　いつからそんな風に思ってたの？」

「無自覚でしたが、初めて電車の中で会ったときから気になっていました」

まさかもう一度会うために人を使ってまで捜させて、会える機会を増やしたくってレンタルギャラリーを始めるレベルに執着していたなんて知られたら、怖がられかねない。

その部分は隠しつつ、気持ちだけを素直に言葉にしてみる。

「スケッチをいただいたあの日から、君のことが頭から離れなくて。もちろん、素敵な絵をいただいたからというのもありますが、とても笑顔が素敵な方だと好意を持ちました。その後も、何でも楽しく取り組む君を見ていると私も幸せな気分になれて。だから、もっと君の側にいられればと願うようになったんです」

「俺といると、楽しいの？」

特に何もしてないけど？　と首をかしげる。そんな仕草も可愛くて愛おしい。

「楽しいです。大人になってから、こんなに楽しいと思ったことは他にないです」

「どんだけ殺伐とした生活してたんだよ」

「仕事以外に興味を持てることがなくて。でも今は、錬くんに興味があります」

だから、もっといろんな錬が見たくて知りたい。そして、いつも楽しげな唇に触れたい。

さっき触れた唇の少しかさついた感触を、もっと感じたかったなと自分の唇に指で触れれば、錬はじっと口元を見つめてくる。

「やっぱ、指……いい」

「はい？」

「いや。とにかく、前向きな気持ちで付き合いたいって言ってるのは分かった。……けどさあ、俺、男の人と付き合ったことないんだよね」

困ったなと頭をかく錬は、少し照れているようなはにかんだ笑みを浮かべている。

しかし同性との恋愛経験がないなんて別に恥ずかしいことではないし、隆仁だってそうだ。

「そうなんですか。私もです」

「そうなんですか、はこっちの台詞《せりふ》。男を好きになったのは、俺が初めてってこと？」

「はい。性別に関係なく、私は錬くんが好きなだけなんです」

「直球で来たね」

「錬くんは……どうなんでしょう？」

キスをしても怒らないどころか、まんざらでもなかったように見えたが、自分の都合がいいように勘違いしただけかもしれない。

同性と付き合うことを受け入れてくれるだろうか。

「んー……俺も、隆さんは格好いいし、指エロいって思うし、好き、かな？」

隆仁の手を取った錬は、吟味するように目元にぐっと力を入れて手のひらも甲もじっくりと食い入るように眺める。

錬に手を握られている。たったそれだけのことで動悸《どうき》が速まり、ぎゅっと握りしめたくなるのを堪《こら》える。

錬はじっくりと吟味して納得がいったのか、ふっと表情をゆるめて頷く。

「うん。隆さんの手って、きれいだよね。好き」

「好きなのは手だけ、ですか」

好かれる部分があるのは嬉しいが、手というのは何とも微妙な部位だ。

残念に思ったのが顔に出たのか、隆仁の顔を見て錬はにっといたずらっぽく微笑む。

「スタイルいいし顔もきれいだし、よく気がついて優しくて、ピアノが上手いとこも好きかな」

「え？　……それは、言い過ぎ、かと」

そこまで褒められると、お世辞と分かっていても照れる。

錬の言葉一つに一喜一憂する自分が恥ずかしくて片手で顔を覆えば、錬は前屈《まえかが》みになり顔をのぞき込んでくる。

「照れると可愛いとこも好き！」

「……からかわないでください」

床に片手を突いて俯けば、その背中に抱き付かれる。

「隆さん、もー、ホント可愛い！」

「いえ、あの……可愛いところはどこにもないと思うのですが」

「可愛いから、とりあえず付き合ってもいいよ」

付き合ってもらえるなら嬉しいが「とりあえず」という言葉は引っかかる。どういう意味かはっきりしておきたい。

身体を起こし、背中にくっついていた錬を引きはがして正面から向き合う。

「あの、とりあえず、とはどういう意味でしょう？」

「男同士でのお付き合いってどうするのかよくわかんないから、二人でいろいろやってみようか、ってこと」

「いろいろ、とは？」

「んー……一緒にどっか行ったり、ご飯食べたり？　普通に彼氏彼女がするようなお付き合いをしてみて、その先のことは、それから考えるってことで」

「先のこと、ですか。なるほど」

要するに、一緒にいたいほど好きな同性と肉体関係を持てるか否かは、付き合ってお互いをもっと知り合わなければ分からないということ。

前向きかつ論理的な意見に納得して頷く。

「では、錬くんはどこか行きたい場所や見たいものはありますか？」

早速、お互いを知り合うために時間と経験を共有しようと提案すれば、錬も首をひねって考え込む。

「うーん。あんまり混雑してるとこって好きじゃないし……この時期空いてるデートスポットってどこだろね？」

「デート、ですか」

「え？　デートでしょ？」

「デート、ですね」

お付き合いする二人が一緒に出かけることは、まだ恋愛関係が確定していない段階でも『デート』と呼べるのだと気づくと、とても特別なことに感じた。

デートなんて何年ぶりか。

もうすることもないだろうと思っていた遠い日の思い出の出来事を懐かしめば、錬から肘《ひじ》で脇腹をつつかれる。

「ちょっ、何すんごい嬉しそーににやついてんの？」

「いえ……にやついては……」

「えー、にやついてますー」

言われて慌てて口元を手で隠すと、錬はさらに楽しそうに顔を近づけてくるので恥ずかしくなる。

「楽しみだよね。どこ行こう？」

「錬くんのお好きなところでいいですよ」

きらきらした眼差しと弾んだ声に、にやけて当然だと開き直って微笑みかければ、錬もいい笑顔を返してくれる。

どこへ行こうか、話し合うだけで楽しくてうきうきと心が弾む。デートはもう始まっているのだという気がして嬉しくなる。

今の幸せにひっそりと浸って幸せボケしている隆仁と違って、錬は真剣にデートの場所について考えているようだ。

「そうだなあ……最近、水族館行ってないから、行きたいかも」

「水族館ですか。いいですね」

話をしながらゆっくり歩けて、雨天でもあまり影響を受けない。適度に薄暗いし、混雑に紛れて手をつなぐなんてこともできるデートの定番の場所だと思ったのだが、錬は「でかい水槽ってわくわくしない？」なんて、楽しさ重視で選んだようだ。

「前に平日なら空いてるはず、と思って行ったら幼稚園児の遠足にぶち当たっちゃって、参っちゃった。ちっちゃい子がわらわらわらーっていて、稚魚《ちぎょ》に囲まれた気分でちょっと楽しかったけど」

それはそれで楽しそうだが、ゆっくりと魚を観賞するには不向きだ。

「行くなら冬休み前、人が少ない時がいいよね」

空いている時期にのんびり行きたい、という錬の意見ももっともだ。

錬のために自分にできることを考える、それだけで楽しくて幸せだと感じた。

◆

十二月になると、一気に寒さが増した気がする。

日が暮れると風も出てきてさらに体感温度は下がるはずなのだが、今日は気分が高揚しているせいかあまり寒さを感じない。

何しろ今日は、隆仁と初めてのデート。

昼間は隆仁が仕事をしていて、夜は錬が仕事している。二人の生活時間帯がずれている上に、隆仁は今、叔父さんの仕事の手伝いもさせられて休日にも仕事が入るという。

そんなこんなでなかなか実現しなかったのだが、隆仁はその分、二人の休みが合う日に最高のデートプランを用意してくれた。

「ナイトツアーとか、楽しみ過ぎるっ」

水族館に行きたいが混雑しているときは嫌だ、なんて錬のわがままを受け、隆仁は閉館後に開催される「お泊まりナイトツアー」に申し込んだのだ。

水族館のサイトを見てみると、数ヵ月に一度不定期で開催されるイベントで、参加料金は大人一万円。なかなかのお値段に尻込みしたが、隆仁が「そこで描いた絵と引き換えで払います」と等価交換を持ちかけた。

奢《おご》ると言えば錬が遠慮をすると思って提案してくれたのだろう、イケオジの心遣いがありがたい。

それに、絵を描いてもいいとお墨付きをもらえたのも嬉しい。

スケッチブックとパステルと色鉛筆を持参のデートなんて、寒さも吹き飛ぶほど高揚して、約束した日から今日までの数日間、ずっとわくわくしっぱなしだった。

時刻は十九時過ぎ。十八時閉館の水谷水族館前の広場はすでに人影もなく、落ち葉が空《から》っ風《かぜ》にくるくると巻き上げられているのをぼへっと眺めていると、広場の前の道にタクシーが駐まった。

「あ、来たかな?」

タクシーのドアが開くと同時に降りてきたのは予想通り隆仁で、錬に向かって大きく手を振る。

口も動いているけれど、百メートルほど離れているので何を言っているのか分からない。でもきっと「遅れてすみません」と言っているのだろう。

肩から大きめのバッグを下げているが、服装はビジネス街が似合うスーツにチェスターコートだから、きっと会社から直接来たのだ。

約束の十九時からほんの三分ほど遅れただけなのに、血相を変えて走って向かってくる隆仁に、錬の方も早足で近寄る。

「すみません、こんな……寒い中、お待たせして……しまって」

「いえいえ。俺もホント今来たとこなんで」

なんて、本当は楽しみすぎて二十分ほど前に着いていたのだが、自分が勝手にしたことだ。息が切れるほど走らせてしまった申し訳なさに、時間通りですと笑いかけたが、隆仁は眉根を寄せたままだ。

「錬くん……頬が赤いです」

寒気にさらされたせいで赤くなった頬を両手でそっと包み込まれ、温かな手のひらに自分の身体が思ったより冷えていたのに気づく。

冷えた頬や耳たぶを、隆仁は少しでも温めようと長い指でなでる。

きれいな上に優しい手と間近に見る心配げな眼差しの温かさに、ぼわっと一気に血の巡りがよくなったようで顔全体が熱くなる。

――イケオジは、やることなすことイケてて焦るっ。

このままでは、頬どころか顔中赤くなりそうで慌てて距離を取った。

「や、あの、ホント、全然大丈夫だし。てか、時間だから行きましょうよ！」

「そうでしたね。早く中へ入りましょう」

すっとさりげなく錬の肩に手を置き、風上に回って歩き出す。イケオジのエスコート力のすさまじさを改めて感じつつ、錬は閉館した水族館の正面入り口の脇にある小さめの通用口から中へと入った。

閉館した水族館は、チケット売り場などの照明が消えて少し薄暗い。

その中で、サービスカウンター横のツアー専用窓口には明かりが灯《とも》っており、その前に青いつなぎの制服を着た二十代半ばほどの女性スタッフが立っていた。

「お泊まりナイトツアーへようこそ！　早速ですが、このツアーでのお約束事を説明させていただきますねー」

はきはきと元気な女性スタッフは、「寝具の持ち帰りは禁止」「二十二時消灯、七時起床」などのナイトツアー独自の注意事項を説明し、質問がないことを確認すると受付の奥へと消えてしまった。

「え？　あれ？　ガイドさん行っちゃった。……それに、他の人は？」

外で待っている間も、他のツアー参加客が見当たらなくて不思議だったのだが、スタッフまでいなくなるとはどういうことか。

きょろきょろと辺りを見回す錬に、隆仁はさらりととんでもない答えをくれた。

「今日は、私たち二人の貸し切りです」

「ええっ！　二人って、二人だけ？」

本来なら、ナイトツアーは飼育員の解説付きで館内を見て回れる。普段は入れないバックヤードでエサやり体験などもできるそうだが、錬が絵を描きたいと言ったので勝手に見て回るフリープランにしてもらったという。

「気に入りませんか？」

「気に入ったけど……」

想定外の事態に思考がついてこなくて戸惑う錬に、隆仁は極上の笑顔を向ける。

「それなら、笑ってください。君の笑顔が見たくてしたことですから」

イケオジのイケ度を舐《な》めていた。イケてる攻撃がハートにぎゅんぎゅん突き刺さる。

二人きりなら、男同士でも気にせず手をつないだりイチャイチャしたりできる。それに、どこに座り込んで絵を描いても人に迷惑をかけずにすむ。

錬のために考えられた最高のデートプランに、これまで意識したことのなかった余裕のある大人の魅力にちょっとときめく。

しかし、お泊まりナイトツアーの募集定員は三十名だった。子供料金は大人より少し安かったけれど、単純計算で三十万円近い金額が必要なはず。

「嬉しいけどさ、すごいお金かかってない？」

「錬くんの絵が手に入るのですから、安いものです」

「えーっ、がっつり油絵で描かなきゃ割に合わないじゃない。がんばるけどさ」

パステルでこの場で描ききるつもりだったが、しっかりスケッチして帰ってきちんと油絵で描かなければ等価交換にならない。

「絶対に同等の――ううん、それ以上の価値がある絵を描くからね！」

必死に伝えたが、隆仁は錬のビッグマウスに驚いたのか、口元に軽く握った手を添えてひっそりと微笑む。

「あ！　笑うな！」

「失礼。その顔を見られただけで、十分に価値があったと思いまして」

その顔ってどんな顔よ？　とむくれれば、隆仁はさらに楽しげに笑う。

「フグのものまねですか？　似ていますよ」

むくれた顔を揶揄《やゆ》されて、それならと唇を尖《とが》らせれば「今度はタコですか」と楽しそうに笑ってくれる。

その笑顔が好きだ。

くだらないことに笑い合う、これぞ正しいデートだろう。お金のことはしばし忘れて、今のこの時を楽しもうと決めた。

「とりあえず一周して、それから何描くか決めよっかな」

「錬くんが絵を描かれるところを見てみたいと思っていたので、嬉しいです」

「よーし、んじゃあ何でも隆さんの好きな魚を描いちゃう！」

「いいですね。楽しみです」

夜は始まったばかりだが、時間は無限ではないから大切にしたい。

「まずは、腹ごしらえだよね」

錬は普段、十八時からのアルバイトに合わせて十七時頃に夕飯を食べるので、すでにお腹《なか》がぺこぺこだった。

ナイトツアーにはオプションとして館内レストランでの夕食を選ぶこともできたが、普段は禁止されている水槽前での飲食がしてみたくて、持ち込みコースを選んでいた。

ディナー会場にふさわしいのは、やはりメインの大水槽の前だろう。ゆっくり座って見られるようにベンチが設置してあるので、ちょうどいい。まずはそこを目指して歩き出す。

元々海の中という設定で薄暗い場所が多い水族館内だが、浅瀬の魚ゾーンは普段明るい。でも今はそこも最低限の明かりに絞られているので、ずっと薄暗くて何だか海底を歩いているみたいだ。

いつもなら泳ぎ回るアシカや、ペンギンがいる水槽も、みんなもう陸に上がって寝てしまったのかがらんとして寂しい。仄暗《ほのぐら》く水がゆらゆらと揺れるだけの何もいない水槽は、ちょっと怖いほどだ。

この場でえら呼吸できない生き物は自分たち二人だけ、みたいな連帯感に自然と隣を歩く隆仁の方に近づいてしまう。

「寒いですか？」

「え？　いや……ああ、うん、ちょっとね」

何だか怖くなってくっついたなんて、かわい子ぶってる女子みたいで恥ずかしいので、寒かったふりをしてごまかす。

「暖房の温度を上げてもらいましょう」

「ううん、いいって。何か水を見てたら、視覚的に冷えた感じがしただけみたい」

「そうですか。寒かったり気分が悪くなったりしたら言ってくださいね」

寒気がするならくっついた方が暖かいでしょう、なんて自然に肩を抱き寄せられ、またもイケオジのイケてる攻撃をもろに心臓に食らってきゅんとなる。

「あ、あのさあ、ここ、防犯カメラあるよね？」

さっき気づいたのだが、周りに人はいないが防犯カメラは随所にある。警備室で見られているはずと思うと恥ずかしくて動悸がしてきた。
しかし隆仁は、「何の問題もないですよ」と笑う。

「ナイトツアーの映像をサイトに掲載したり他者へ公開するときなどは、事前に被写体の許可を取る、と規約にありますから」

「そうなんだ。けどさ、警備室で見てる人はいるってことだよね？」

「それが何か？」

恋人同士が身を寄せ合って歩くことのどこが不自然なのか、と本気で不思議がっている隆仁に面食らう。

——自分のこと保守的とか言ってたけど、こういうとこは今時なんだ。

錬も隆仁との関係を隠すつもりはないので、そのまま隆仁の肩にもたれかかってみると、何だかしっくりくる。

錬は今まで、誰かに甘えたいとか自分のことを女性的だと思ったことはない。それなのに、隆仁には自然と甘えたり、男らしい部分にときめいたりしてしまう。

そして、それがまったく嫌ではない。

さっきまでとは違う意味でどきどきする胸の鼓動に戸惑いながら、薄暗い通路を進んだ。

「おーっ、大水槽、でかい！」

言ってから、でかいから『大水槽』だろうと心の中で突っ込んでしまったが、ずうっと上まで見上げないと水面が分からない水槽はやはり圧巻だ。

馬鹿なことを言ってしまった、とすぐ横に立つ隆仁を見上げたが、にっこり笑顔で「そうですね」と同意してくれた。

夕飯前に少しだけ、とベンチに荷物を置いて大水槽にへばりつく。

ここの魚たちも日中よりゆっくり泳いでいるようで、岩の隙間に挟まって動かない魚もいたが、逆に夜行性のウツボやアナゴなど普段岩陰に隠れていてほとんど見えない魚が出てきていたりしておもしろい。

「あ、ジンベエザメ！　ジンベエザメって、ずーっと泳ぎながら寝るんだよね」

「そうなんですか？」

「そうでしょ。寝てるの見たことないし。でもあの巨体がどーんと海底にいたら、その上で寝てみたいなあ」

周りにいるたくさんの取り巻きの魚たちも、海底で眠るジンベエザメの背中をベッドにしてすやすや眠っている姿を想像すると、ファンタスティックでちょっといい。

脳内妄想映像ににやつきながらジンベエザメの動きを追っていると、下の岩場にウミガメを見つけた。

「亀はえら呼吸じゃないよね？　底に沈んじゃってるけど、あれ、大丈夫なのかな？」

「どこです？」

「ほら、あのおっきい岩とちっさい岩の間」

「ん……、ああ、見えました。挟まって身動きできない感じではないので、大丈夫でしょう」

隆仁の位置からは見えなかったようで、錬のすぐ後ろへ移動してやっと見えたらしい。

隆仁は、そのまま移動せず一緒に水槽を眺める。

「ああ、あの魚、きれいですね」

「どれ？　どこ？」

今度は錬が隆仁の指さす方に身体を傾けると、胸にもたれかかる体勢になった。

「そこの枝みたいな珊瑚《さんご》の手前に、同じのが何匹かいるでしょう？」

「あの……耳元で美低音で囁《ささや》くの、やめてもらっていい？」

ぞくっと背筋に寒気が走った直後に、身体がぼわっと熱くなる。

——イケオジでイケボとか、マジでずるい。

全身に鳥肌が立ったみたいなそわそわした感じから逃れたくて、移動しようとすると後ろから抱き留められる。

「た、隆さん？」

「もう少し……この位置でジンベエザメが見たいので、このままで」

「ちょっ、隆さん！」

大水槽の中でも存在感抜群のジンベエザメなら、どこでだって見られる。

耳元に唇を寄せて囁く隆仁は、単に錬とくっついていたいだけだろう。

デートなんだからこれくらいありだろうが、自分たちは男同士。二人きりとはいえ防犯カメラのある公共の場ではやっぱり少し躊躇《ためら》われる。

「防犯カメラに警備の方の見回りもありますから、おかしなことはしないので安心してください」

防犯カメラがありそうな通路側の上部に視線を巡らす錬の行動の意味を悟ってか、隆仁はこれ以上のことはしないと言ってきたけれど、時すでに遅しな気しかしない。

「いや、すでにこの距離おかしいよ?」

「内緒話でもしているように見えますよ」

「見えない! 二人しかいないのにくっついて内緒話とか、無理しかない!」

きっと睨《にら》み付ければ流石に少し身体を離してくれたが、相変わらず距離は近い。かといって押しのけるのも悪いし、どうしたものかと思案していると、隆仁は不安げに表情を曇らせる。

「怒りましたか?」

「怒るだろー、普通」

「すみません。もうしませんから、許してください」

「もう、しないわけ?」

人の声や温もりを感じて心臓が早鐘を打つなんて久しぶりだ。そわそわして落ち着かない

のに、心地いい。

この感覚は久しぶりで、悪くない。

もう失うのかと思うと惜しくなる。そんな気持ちを見透かすように、隆仁は少し意地悪に微笑む。

「おや、残念そうですね」

珍しくおどける、隆仁の意外な一面に苦笑いが漏れる。

「……隆さんって、意外と意地悪なの？」

「錬くんは、たまに意地っ張りですね。そういうところも素敵です」

自分のどこが素敵なのか、まったくさっぱりこれっぽっちも分からないが、目を細めて愛おしそうに見つめられると、素敵な自分にならなくては、なんて向上心が芽生えるから不思議だ。

とはいえ、それはどうすればよいものか。

「錬くん？」

思わずじいっと見つめれば、隆仁も首をかしげて見つめ返してくる。

ゆらゆら揺らめく水の中の光にぼんやり照らされた隆仁は、いつもより艶っぽくて「素敵」という言葉が間違いなく似合う。

こんな人に、至近距離から見つめられているのが恥ずかしくなってきた。

「……お腹空いたし、ご飯食べよう！　ご飯！」

「そうでしたね」

隆仁の腕を両手で押し上げて腕の中から逃れると、隆仁は残念そうな顔をしながらも大人《おとな》しく後ろをついてくる。

大抵のツアー客がここで夕食を摂るのか、大水槽前のベンチの辺りはスポットライトが点《つ》いていて、他の場所より少し明るい。

レンタルのマットレスと寝袋と毛布も、ここに置いてあった。

「好き嫌いはないとお聞きしていましたので、とりあえずいろいろ用意してみました」

食事は隆仁が用意してきてくれるというので、楽しみにしていた。

スタンダードな卵サンドにハムサンドにツナサンドだけでなく、アボカドとサーモンに照り焼きチキンにカツサンド、スープジャーに入ったほかほかの野菜スープまである。

隆仁は家事をしないと言っていたから夕飯は自分が用意すると申し出たのだが、ここまでの準備はできなかっただろう。断られていてよかったと思えた。

「アルコールは禁止されていますので、飲み物はジュースとお茶しかなくて申し訳ないです」

絶対コンビニエンスストアやスーパーではお目にかかれない凝ったサンドイッチに感動していたのに、隆仁はサンドイッチに合うワインを持ち込めなかったのが残念だとしょぼくれる。

ここまでやっても満足しないイケオジの心意気に頭が下がると同時に、自分のためにここまでしてくれることが嬉しくて、「全然申し訳なくない！」と声を大にする。

「全部美味しそうで、すごく嬉しい。ありがとう」

「お気に召したのなら、よかったです」

感謝の言葉に、隆仁がようやく愁眉《しゅうび》を開いてくれたので、大水槽の前に二人並んで優雅な晩餐《ばんさん》を楽しむことにした。

好きな物から食べるタイプの錬は、真っ先に照り焼きチキンに手を伸ばす。

甘辛いタレが絡《から》んだ照り焼きチキンはジューシーで、表面を少しあぶったパンとの相性が抜群だ。

口の端に付いたタレを親指で拭ってぺろりと舐めれば、隆仁は微笑ましげにウエットティッシュを差し出す。

「錬くんは、チキンがお好きなんですか？」

「うん。鶏肉が一番好き。安いし美味いし、庶民の味方だよね」

子供の頃は、食堂のまかないでたまに食べさせてもらえる、鶏胸肉のカツと唐揚げが最高のごちそうだった。今でも安い鶏胸肉は冷凍して常備している。

ツナサンドを手に取った隆仁は、少し気まずげに水槽を見る。

「ここで魚は、ちょっと悪かったでしょうか」

「いいんじゃないの？　向こうからは何食べてるかなんてわかんないって」

魚にまで気を使う隆仁の人のよさに笑ってしまう。のんびり泳ぐ優雅な魚たちを眺め、とりとめのない話をしながらの夕食は忘れられない記憶になった。

「さて、残りの水槽も見て回ろう！」

お腹がいっぱいになると眠くなるものだが、今日は興奮していて消灯時間になっても眠れるか不安なほどだ。

とりあえず最後の深海魚水槽まで見て歩き、隆仁にどの魚を描いてほしいか決まったか訊ねる。

「どの魚が気に入った？」

「そうですね……よろしければ、『錬くんが描きたいと思ったもの』を描いてほしいのですが」

「ええ、そのリクエストあり？」

「駄目でしたか？」

隆仁の好みの傾向が知りたかったのだが、隆仁も錬の好みを知りたがっていたようだ。これはある意味、気が合うってことだろうと嬉しくなる。

「それじゃあ、特定の魚じゃなく、ざっくりと大水槽でもいい？」

深い水色に包まれた黒い影のような魚が、僅かなライトの光の中を泳ぐ姿は幻想的で美しい。

錬はこれまで水辺の絵は描いたことがあるが、水の中の絵は初めてだ。普段の空の青とは違った色味を探求してみたい。

魚が泳ぐことで起こる水の流れ、どこからか立ち上る白い泡。挑戦したことのない世界にわくわくする。

「いいですね。楽しみです」

クライアントである隆仁の許可も下りたことだし、錬は張り切って大水槽の前の床に座って画材を広げた。

まずは鉛筆で何枚かざくざく描いて自分なりに雰囲気をつかみ、それからパステル用紙のスケッチブックに描き出す。

パステル用の紙は、普通の画用紙よりデコボコとしているだけでなく、元から色がついているものもある。

淡い水色の紙に白いパステルで光の揺らぎを、紺色で魚を描いてみたり、黒い紙に魚の部分は黒く残して青や水色で水を表現してみたり。

次から次へと描きたいイメージが頭に湧いて、手が追いつかない。

目で捕らえた光景を頭の中で解釈し、手で紙の上に映し出すことに没頭した。

「……ん?」

「すみません、邪魔をしましたね」

遠慮がちに、そっと置かれた湯気の立つココアの入ったカップに気づいて顔を上げると、屈み込んだ隆仁と目が合う。

そこでようやく、錬は絵を描き始めてからずーっと隆仁の存在を忘れていたのを思い出した。

「ああっ、ごめん！　と、あの、ココアありがとう。で、放ったらかしてごめん！」

自分の失態を謝り、ココアのお礼を言い、と慌ただしい錬に隆仁はゆったりと笑いかける。

「すごい集中力でしたね」

「いや、ホント、デートなのに絵ばっか描いててごめん！」

「いえ。美しいものが生み出される瞬間を見られて感動しました」

「足が痺《しび》れてしまいましたが」と屈伸運動をする隆仁は、ずっと隣に座って見ていたようだ。

錬が描き出して一時間以上経ったので、ちょっと休憩した方がいいかと自動販売機でココアを買ってきてくれたのだ。

「寝る前にカフェインは駄目かとココアにしてみましたが、何か別のものがよければ買ってきますよ」

「ココアでいい、じゃなくて、ココアがいい。ありがとね」

集中し過ぎて昂《たか》ぶっていた気持ちを、甘くて温かいココアが包み込んでくれるようだ。トイレの洗面所で手を洗うついでに顔も洗って、ずいぶんさっぱりした。

「はぁ……染《し》みるぅ」

「お疲れ様です。でも、あんなに集中できることがあるというのはいいですね」

「そうだね。好きなものがあるって幸せなことだよな」

世界には、きれいなものが溢《あふ》れている。限られた時間の中で、自分はどれだけキャンバスに写しとれるだろう。

「もっと描きたい、もっと、もっとって、欲張っちゃう」

「消灯までは描いていてください。消灯後でも、これを使えますし」

「おー、ランタン！　いいね」

隆仁が取り出したのは、ＬＥＤのランタン。

懐中電灯では光が水槽内まで差してしまうから、周りを照らすランタンがよいのだろう。

「でも、もう手を洗っちゃったし、疲れたからやめとく」

いったんスイッチが切れると、次に描き出すのに時間がかかる。それに、これ以上、隆仁を放ったらかしにしたくなかった。

——せっかくのデートに、自分の好きなことだけしてちゃ駄目だよな。

隆仁は優しくて絵も好きだから許してくれたが、絵に没頭して相手のことを忘れるなんて、普通の人なら機嫌を損ねてもおかしくない。

もう一度一緒に見て回り、カワウソ家族の寝顔やクラゲ水槽などを眺めているうちに二十二時になり、消灯するので以降はランタンを使用するよう館内アナウンスが入った。

消灯といっても非常口は明かりが灯っているし、水槽も周りの足元にライトがあるおかげで、真っ暗ではない。

それでも何となく雰囲気でランタンを灯し、寝袋を前に考え込む。

「寝場所としてここがお勧めだそうですが、別の場所がよければ移動してもいいですよ」

「どこで寝てもいいの？　んー……でも、やっぱここで寝るのが醍醐《だいごみ》味かな。あ、隆さんは、どこで寝たいって希望ないの？」

「私は、錬くんの隣で寝られるならどこでも」

「言いますねぇ」

いつもながら、さらりと飛び出すイケオジ言語に、ときめいてしまう自分の単純さよ。

デレた顔を見られるのは恥ずかしいので、水槽の方を見やる。

「わー、すご……」

明かりの消えた水槽はアクリルガラスとの境目が曖昧で、まるで海がのし掛かってくるかのような重圧を感じる。

ジンベエザメの大きくて黒い影がずももっと近づいてくると、アクリルガラスがあると分かっているのに押しつぶされそうな錯覚を覚え、背筋にぞわっと寒気が走った。

「ねえ……隆さんは、こういうの平気？」

「こういうの、とは？」

「その反応からして平気だね。あんまり大きすぎる水槽とか海洋生物は怖いって人、いるから」

こんな場所で寝られるなんて滅多にないこと。隆仁が嫌じゃないなら移動するのは悪い。ウレタンマットと寝袋を並べ、寝ようと試みて横になってみたが、一度気になると目を閉じていても何かを感じる。

寝るのを諦めて起き上がった。

「圧迫感がすごくて落ち着かない……」

「そうですか。では、移動しましょう」

「ごめん」

「いいえ。寝場所を求めてさすらうなんて、そうできることじゃありませんから、楽しいですよ」

にこやかに言ってから、隆仁はふっと真顔になった。

「隆さん？」

「あ、すみません。その……『楽しい』というのは、感染するものなんですね。楽しそうな錬くんといると、私もとても楽しいです」

一緒にいて楽しいなんて言われると、嬉しくなる。

「俺も、隆さんといると楽しいよ」

「今掛け持ちで進めている仕事が片付けば、もう少し時間が取れるようになります。そうしたら……もっと一緒にいられるのに。もちろん、錬くんさえよければ、ですが」

「もちろん、嬉しい。俺もできるだけ時間を取るから、またデートして」

「よかった」

これだけの至れり尽くせりのデートを嫌がる人などまずいない。それなのに隆仁は、錬がこのデートプランを喜んでいることに心底ほっとした表情を浮かべる。

「もう……隆さんってば、ホントに可愛いんだから」

「はい？　あの、可愛いとは？　……若い方の『可愛い』の定義って、よく分からないですね」

ご機嫌の錬は戸惑い気味の隆仁を促し、巻いたマットと畳んだ寝袋を担いでねぐらを探す。

まず候補に選んだ先は、クラゲ水槽の前。

ここはお泊まりナイトツアーで二番目に人気の宿泊場所だという。

水槽がそれほど大きくない上に、ゆらゆらふわふわ揺れるクラゲは優美で、見ているこちらの身体の力も抜けていく。

とりあえずウレタンマットだけ敷いて、横になったときの感覚を試してみる。

「あー、ここいいわ。ふわふわしてて、自分も揺蕩《たゆた》ってる気分になるね」

「怖くないですか？」

水槽が小さい上に、クラゲが半透明でふわふわと軽そうなおかげか怖くない。

けれど、半分身体を起こした隆仁から心配げに見つめられると、愛されちゃってるなー、とひしひしと感じて、いたずら心が湧き上がる。

「うーん、ちょっと怖い」

「では、もっと他の場所に――」

「怖いからー、くっつく！」

腕を伸ばし、隆仁の首筋に抱き付いて引き倒す。

「あのっ、錬くん？　え？」

自分の上に倒れ込んできた隆仁の唇に、軽く触れるキスをした。

きっとこの位置ならちょっとふざけているだけに見えるはず、なんて防犯カメラを意識しながらの本当に軽いキスだったけれど、それだけで心臓がばくばくいう。

だけど、したくなってしまったのだ。

愛されていると感じたら、すごく嬉しくなって感謝の気持ちがどばっとあふれてこうなった。

「こんな素敵なデートに誘ってくれて、ありがとね」

「錬くん……こちらこそ」

「俺のことばっか心配してないで、隆さんもここで寝られるか試しなよ」

ただの感謝の気持ちだから、と照れ隠しにぶっきらぼうな口調になってしまう。

横になってみないと分からないだろうからと促せば、隆仁も錬の隣に横たわる。

「……そうですね、寝られるかどうかはともかく、問題はないかと」

クラゲの水槽を見ないで、何故か隆仁は錬の方を見つめながらこくこくと頷
意見が一致したところで、ウレタンマットの上に寝袋をくっつけて並べる。

「ラッコみたいに手をつないで寝よう」

この水族館には、ラッコはいなくて残念だった。残念だから、せめてラッコ気分を味わうと、寝袋から手を出して隆仁の手を握る。

「ラッコは、手をつないで寝るんですか？」

「そう。潮に流されないようジャイアントケルプって海藻を身体に巻いたり、仲間とはぐれないよう手をつないだりするんだって。それを知って俺は、来世はジャイアントケルプになりたいもんだと思ったよ」

「ラッコではなく、海藻の方ですか」

「うん。ラッコを包みたいから」

ふかふか毛皮のラッコになるより、ふかふか毛皮を包み込む方が気持ちよさそうな気がする。それに、しっかりと根を張りつつも身体は波に揺蕩うというのも幸せそうでいい。

「ゆらゆらしつつふかふかを包むとか、最高じゃない？」

「それなら私は、ラッコになりたいですね」

至極真面目な顔で言われて、手をつないでいない方の手で顔を覆ってしまう。

「錬くん？」

「……可愛い……隆さんが、いちいち可愛い……」

「あの、錬くん？　……やっぱり君の言う可愛いの意味が分からないのですが？」

困った顔も可愛い隆仁の、きれいで大きな手を握りながら眠れるなんて最高か、としっかりと指を絡めれば、隆仁も戸惑い気味に握り返してくれる。

「錬くん？　……寝付きがいいですね」

呼びかけても目を閉じたままの錬がもう寝たと思ったようだが、手は解かない。

ずっとつないでおいてくれるんだ、と何だか安心すると本当に眠気がやって来る。

「これで寝ろとは……拷問ですか」

呟く隆仁の言葉は物騒なのに響きは幸せそうで、それがおもしろくって錬はにまにま笑いながら幸せな気持ちで眠りについた。

◆

恒例の俊《しゅん》の家での飲み会に誘われた錬《れん》は、水族館デートのお土産《みやげ》を持参して隆仁《たかひと》をカミングアウトすることにした。

俊は来週、ギャラリー薄明《はくめい》で立体造形仲間とグループ展を開く。

今日はその時の物販の袋詰めなどの作業を手伝うという名目で集まっ

オーナーの隆仁の話を持ち出すのにちょうどいいと思えた。

油絵科で小次郎《こじろう》と同学年に絵里花《えりか》というバイセクシャルの女性がいたが、小次郎も錬も取り立てて特別なこととは思わず普通に接していた。しかし、俊の周りに同性愛者がいたとは聞いていない。

それに小次郎も、男友達が同性と付き合うことになったとなると、流石《さすが》に戸惑うかもしれない。

これまでずっと気が合ってつるんできた仲間だから、こんなことで気まずくなりたくない。だからこそ、早いうちに自分から話しておきたかった。

俊がせっせと手作りの古生物界のアイドル、アノマロカリスのキーホルダーを袋詰めしている間に、小次郎はここの台所で作ったスペアリブとカプレーゼなどのつまみを、錬はビールにチューハイ、水族館土産のクッキー、と持参した品をテーブルに並べた。

「んでは、俺のグループ展成功の前祝いということで、カンパーイ！」

俊の乾杯の音頭で飲み会が始まると、錬はノンアルコールの梅サワーを飲みながらタイミングを計る。二人にほどよくアルコールが入ったところで、水族館には隆仁とデートで行ったことを打ち明けた。

「――まあ、そんなこんなで、隆《たか》さんとお付き合いすることになったから」

「あー、そーなんだ。へー」

「へえ、錬がぁ……。そういや、絵里花さん元気かなぁ。彼女、デザイン会社に就職したんだっけ？」

どうなることかとあれこれ悩んだ末のカミングアウトを、俊には「朝食はパン派からご飯派に変えたわ」くらいにどうでもいい話みたいに聞き流され、小次郎には絵里花はどうしてるだろうなんて、それ今どうでもよくない？　と言いたくなる話を振られてがっくりくる。

「いや、もうちょっと関心もって？　驚くとかなんか、リアクションしろよ！」

熱くなる錬を、俊は冷静に受け流す。

「意外性がなさ過ぎて驚く部分なんてねえし」

「ええ？　何で？」

「隆さんはおまえ狙ってるって丸わかりだったじゃん。まさかおまえがなびくとは思わなかったけど」

「あ、もしかして、手か？　おまえ、重度の手フェチだもんな」

大学時代に、スケッチブックを何冊も手のスケッチだけで埋め尽くしていた錬が、隆仁の長く美しい指を持つ手に惚《ほ》れたのでは、と推察する小次郎の言葉はある程度的を射ている。

しかし、それだけが理由ではない。

「手も好きだけど、優しいし、可愛いし……うん。可愛いんだよなぁ」

優しげな顔立ちに、美しい手、と見た目も好みだが中身もいい。

自分を捨てた婚約者の幸せまで願ってしまう、お人好《ひとよ》しなところも放っておけなくて、側《そば》にいてあげたいのだ。

「そういえば、隆さんの本業って何？」

「あ、知らないわ」

特に話題に上らなかったので気にしていなかったが、高そうなスーツを着ているのできっといい会社に違いない。とはいえ、世情に疎《うと》い錬では社名を聞いてもきっとピンとこないだろうから、聞かなくてもいいやと思う。

「彼氏の職業知らんとか、のんきだな。けど金は持ってそうだよな。水族館貸し切りとか、すげぇじゃん。……けど、金持ちの道楽で弄《もてあそ》ばれてんじゃねぇだろうな？」

「ない、ない！　隆さん、真面目《まじめ》だから」

バックハグはされたが、キスも手つなぎも自分から仕掛けた。でもそういう奥ゆかしいところも可愛い、なんて思えてついにやついてしまう。

幸せボケしてにやつく錬に、俊は呆《あき》れかえって横を向き、チューハイを飲み干した。

「だといいけど……。とりあえず、岡崎《おかざき》にはバレないようにしろよ。あいつ、俺のグループ展にも来るっつってたけど、絶対隆さん目当てだぞ」

俊の立体造形のグループ展に、咲子《さきこ》が来るなんて珍しい。オーナーの隆仁に会いたいから来るだけだという俊の推理は正しいだろう。

自分のお目当ての男性を男の友達にかっさらわれたなんて知れば、荒れ狂うに決まっている。俺は巻き込まれたくない、と逃げる俊の気持ちはよく分かる。

智美《ともみ》の方も、おもしろがってあれこれ詮索してくるに違いない。

「あー、女子連中にバレたら面倒臭そう」

「時間の問題だろ。女子の勘は鋭いぞ。お姉さんにもなんて報告するんだ？」

「うー、それなぁ……」

小次郎からの突っ込みにとどめを刺され、頭を抱えてしまう。

いずれは言うべきだろうが、今は初めての子育てで大変な恵《めぐみ》に、いらない心配をかけたくない。

この前テレビ電話で話したときも、春花《はるか》は元気いっぱいだったが恵は何だか疲れた様子だった。

「もうちょい春が大きくなってから、かな」

「その頃には別れてるって可能性も――」

「それはない」

「はあ？　のろけるな」

即答に呆れかえられたけれど、数年後に別れている自分たちが想像できない。思い浮かぶのは、縁側でフクちゃんを抱いて二人並んで庭の野鳥を眺める姿。

男同士なんて世間一般的には受け入れられない関係だとしても、自分にはそれが自然だと思えた。

「大丈夫。姉ちゃんなら分かってくれる」

恵はいつだって錬の味方で、錬のためを思っていてくれた。錬の選んだ相手なら、たとえ男でも受け入れてくれるはずだ。

「おまえシスコンだもんな」

「シスコンじゃないし。仲いいだけだし」

おまえがシスコンでなきゃ誰がシスコンだ、と二人から突っ込まれたが、二人きりの姉弟が仲良くしていて何が悪いのか。

「姉ちゃんと春に会いたいなあ。けど、この前のグループ展で油絵全部売れちゃったから絵も描かなきゃだし、ホント貧乏暇なしが辛《つら》い」

「モテ期か？　彼氏ができて仕事も順調とか、開運の壺《つぼ》でも買ったか？」

半分ほどマジな目の俊にからかわれたが、実際にいきなり運が開けた気がして戸惑いはある。が、この運は逃したくない。

「乗るしかない、このビッグウェーブに！　ってとこかな。つっても、時間はないしなぁ」

アルバイトに作画に隆仁とのデート、としたいこと、しなければならないことが積み重なって時間を圧迫する。

「おまえサフラワーオイル使ってるから、なかなか乾かなくって大変だろ」

「まあね。けど、焦るとろくなことになんないし」

「ああ……そうだったな」

速く乾くからと乾燥促進剤に頼ったことがあったが、使い慣れない物を焦って使った結果、その絵はたった数年で無残なことになった。

それを知っている小次郎は、深いため息を吐く。

「油絵は、愛情と時間をたっぷりかけないとなぁ」

「ま、そういうとこも好きだし、楽しいよ」

黄色味がかった油で絵の具を溶いて描く油絵は、時間が経《た》つとその油の色が表面に出てきて黄色っぽく変色してしまう。

濃い色の作品なら黄色は目立たないのでさほど気にする必要はないが、空の青をよく描く錬の作品は、黄変すれば作品の雰囲気が変わってしまう。

それを避けるにはなるべく透明な油を使えばいいのだが、透明な油は往々にして乾きが遅い。乾きが遅いとなかなか上から塗りかさねられないので、作画に時間がかかる。

しかし十年、百年、と変わらず美しい絵を目指すなら、時間がかかっても変化しない油を使わなければならない。

それは大変な作業だけれど、そこが楽しいと感じるのだ。

「長くじっくり向き合うのが俺の性《しょう》に合ってるんだよね。絵も、人も」

隆仁との関係も、ゆっくりと進めていけばいい。

またも「のろけるな！」と二人から突っ込まれはしたが、錬に同性の恋人ができたと知っても変わらない態度が嬉《うれ》しい。二人には報告してよかったとほっとする。

やはり心配して立ち止まるより、当たって砕けろで行動するのが正しいね、としみじみと感じた。

◆

街がクリスマスから一変、新年モードへと移行していく十二月二十七日。

錬はギャラリー薄明の二階で、隆仁と二日遅れのクリスマスパーティーを開いた。

クリスマスプレゼントにお歳暮に、と宅配業界が大盛況な時期、物流倉庫で働く錬も大忙しで時間が取れなかったのだ。

水族館の大水槽の油絵も遅々として進まず、まだ下塗りしただけで放置していて、向こうで描いたパステル画だけしか隆仁に渡せていない。

しかし申し訳ない事態に落ち込んでいたのは錬だけでなく、隆仁もだった。

「仕事優先で婚約者にも逃げられたというのにこの体《てい》たらくで、申し訳ない」

付き合いだして初めてのクリスマスがこの様《ざま》とは、とうちひしがれる隆仁がかわいそうで、可愛い。

「いいよ！　そんなの。俺、アニバーサリーとかイベント事とか重視しないし。仕事は大事だし」

「だけど、君が一番大切です」

「隆さんの、そーいうことさらっと口に出しちゃうとこ、好き」

自分がこんな恋愛ボケした台詞《せりふ》を吐くようになるとは思わなかったが、隆仁が直球で愛情を向けてくれるので、つい同じように返してしまうのだ。

「伝えるというのは大切なことだと過去の失敗から学びましたので」

「反省して次に生かせるとか、えらいえらい」

指通りのいいさらさらの髪をなでれば、隆仁は照れくさそうに笑う。

その笑顔がまた悶絶級に可愛い。

「俺、外食しないし酒も弱いから、隆さんといられれば何処《どこ》でもいいよ」

本当は、隆仁が普段住んでいる家に行ってみたいのだが、「散らかっているので」とやんわり断られた。

独身で仕事が忙しいとなれば掃除をする暇もないだろうから、散らかっていても当然。

錬はむしろ掃除は嫌いじゃないのでしてあげたいくらいなのだが、恋人とはいえ他の人に私物をいじられるのを嫌う人もいる。隆仁もそういうタイプなのだろう。

それに、ここにはフクちゃんがいる。

今もソファのクッションの上でどべーっと身体《からだ》を伸ばして眠っている姿を見ているだけで和《なご》む。「フクちゃん」と声をかけても起きはしないが、狸《たぬき》風の存在感抜群のしっぽをふーりふりと振って返事をしてくれる。

可愛い猫に優しい恋人に美味《おい》しそうなごちそうなんて、これ以上望むべくもないほど幸せだ。

食事は、コックのコスプレをしたケータリングの人が、どこかのホテルのビュッフェに並んでいそうな彩りも形もいい料理を届けてくれた。

立派な桶《おけ》に入った特上にぎり寿司に丸ごとのチキンに、アールデコ調の白い花のデザインが施された美しいボトルのシャンパン。そして苺《いちご》がびっしりのったホールケーキ。

今日の夕方までギャラリーを借りていた手芸サークルのおばさまがくれた、フェルトでできた手のひらサイズのクリスマスツリーもある。

「後は、生演奏があれば完璧《かんぺき》かな」

美味しい料理とシャンパンでお腹《なか》が満ちれば、お次は心を満たす番。

隆仁は、ピアノはもう長いこと弾いていなかったから腕がなまっているなんて言っていたが、錬からすればすごく上手に聞こえた。

また弾いてほしいと頼むと、隆仁は苦笑いをしつつもピアノの調律を頼んでギャラリーのピアノを使えるようにしてくれた。

自分のためだけに演奏してくれる。そんな優越感にどっぷり浸るのもいいものだ。

それに、ピアノを弾く隆仁の手も見てみたい。

「そーだ、ラフマニアだっけ？　あれ弾いて」

「ラフマニノフですね。リクエストは？」

「んー？　お任せで」

「では……『ヴォカリーズ』でいいかな」

どんな曲かは知らないが、隆仁のお勧めなら聴きたい。

隆仁の指の動きがよく見えるよう、ピアノの横のソファに移動する。

ヴォカリーズは、歌詞がなく声の表現だけで歌う歌として世界的に知られている曲だそうだ。

スローな始まりだが徐々にテンポがアップし、隆仁の指は右へ左へ優雅に舞い踊るように行き来する。

あまりの見事さに思わずスマートフォンを向けて写真を撮ってしまったが、これなら最初から動画で撮ればよかった、と思うほど動きが美しい。

怒濤《どとう》の激流からまたゆったりとした流れに戻ると、隆仁の指はなめらかに鍵盤《けんばん》の上を滑り、演奏は静かに終わった。

隆仁の長い指の動きが堪能《たんのう》できて、耳でも目でも楽しめる名曲だと思った。

弾き終えた隆仁は、錬の隣に腰を下ろし「如何《いかが》でしたか？」と訊《たず》ねてくる。

「音楽的なことはよくわかんないけど……いい曲だった。隆さんっぽい。しっとりして、何て言うか……色っぽい？」

「色っぽい、ですか？」

「うん。隆さんは、手とか仕草とか色っぽい。ていうか、男の色気がどばーっと出てる」

このくらいいっ、と大きく手を広げる錬に、隆仁はきれいな指を口元へ運び、くすりと笑う。

「錬くん……酔ってますね」

「えー……っと、そう、かも」

厳選された白ブドウだけで作ったというシャンパンは口当たりがよく、つい二杯飲んでしまった。

アルコールに飲まれたくなくて、普段は一杯だけと自制していたのに、楽しい雰囲気と美味しい料理に気が緩んで油断した。

しかし、しらふの時でも隆仁のことは色っぽいと思う。

「隆さんのー、手がきれいなのがいけない！」

隆仁の長くしなやかな手を取れば、強く手を握られる。

「君を本当に大切に思うなら、この手を離すべきなのにね」

できない。と苦しげな視線が心に突き刺さる。

真面目で優しい隆仁の考えそうなことなど、大体想像がつく。

男同士で、しかも自分より十五歳も年下の錬には、これからもっとふさわしい相手が現れるとでも思っているのだろう。

どうしてまた今更そんなことを考えるようになったのか。問いかけるように見つめれば、隆仁はゆっくりと口を開く。

「先日、高岡《たかおか》くんがご友人と作品展を開かれたときにお会いして……君はとても苦労してきた真面目な子だから真剣に付き合ってほしい、とお願いをされました」

「え？　ええ！　俊ってば、何言ってんの？」

俊は仲間内では最年長の二十七歳のせいか元からの性格か、お兄ちゃんキャラで面倒見がよい。それにいつも助けられているけれど、子供扱いは心外だ。

けれど隆仁は、友人想いのいい人ですねと微笑《ほほえ》む。

「思い遣《や》りがあって、芸術の才能もあって。……錬くんも、ああいう若い人と一緒にいる方が自然だし、為《ため》になるのでしょうに」

自分のせいで、錬に不利益が生じたらと案じる隆仁は、重い荷物を背負ったかのように肩を落として眉間《みけん》にしわを寄せる。

隆仁の重荷になるのは本意ではない。

でも錬は、背負ってもらわずとも自分で歩ける。

しわの寄った隆仁の眉間を、笑顔でつんと人差し指でつつく。

「いいよ。そんなに辛いなら手を離しても」

「錬くん……」

「俺が、その手を摑《つか》むから。この、きれいで優しい手を、さ」

強い眼差《まなざ》しで見つめながら、摑んだ隆仁の指に口づける。

隆仁が錬のことを好きなように、自分だって隆仁のことが好きだ。

そんな想いを込めて、美しい指に軽く歯を立てながら目線を上げて見つめれば、隆仁ののど仏がごくりと動く。

普段より男っぽく感じる隆仁に、ぞくりと肌が粟立《あわだ》つ。

「錬……」

「ん？　……あっ」

たった一声、名前を呼ばれただけで頭の中がしびれるみたいにじんとなる。

軽く開いた錬の唇を、隆仁の親指がなぞり、近づいてきた唇がその後を追う。

柔らかな唇に、うっとりと目を閉じた。

熱くぬめった舌も唇を這《は》い、唇で唇を食《は》まれる。長い指は頰《ほお》をなで、首筋をなで、全部が優しくって心地いい。

そっと肩を押されてソファに背中を預ければ、のし掛かってきた隆仁はさらに深く唇をむさぼってくる。重さも体温も受けとめたくて、背中に手を回し隆仁のベストを縋《すが》るように摑む。

「たか、さん……」

「ふ……錬……」

息が苦しくなって首をのけぞらせれば、首筋に唇が下りてくる。指でもそっとなぞられ、触れられた部分は熱いのに背中はぞわぞわと寒気が走り、身体が震える。

心臓がどくどく脈打って胸が苦しくて、肩でせわしく息をしてしまう。それでも酸欠になったみたいに頭がぼうっとなる。

必死に息を吸い、ただ隆仁の背中をかき抱く。互いの距離がもっと縮まればいい、もっともっと、と腰を浮かせば、隆仁がするりと股間に手を滑り込ませた。

「っ、隆さん！」

触れられただけで、自分でも驚くほど身体が跳ね上がった。

あまり動じないフクちゃんが飛び跳ねて走り去ったほどだから、よほどだったのだろう。

隆仁も、息を弾ませながら、呆然《ぼうぜん》とした表情で身体を起こす。

「あ……すみません」

「や、こっちこそ、でかい声出してごめん。ちょっとびっくりしちゃって」

触ってほしかったはずなのに、いざ触られるとビビってしまった自分の小心さが情けなくて、気まずい。

「ちょっと酔っ払ってるかも。……何か、落ち着く曲弾いて」

気まずさにさまよわせた視界にピアノが入ったので、これ幸いと気を紛らわせるのに利用する。

「落ち着く、ですか。では、ドビュッシーの『月の光』はどうでしょう?」

「おお、タイトルからしていい感じ。それ聴きたい」

隆仁がピアノに向かって囁《ささや》きかけるかのように始まった、ゆったりと穏やかな演奏は確かに『太陽の光』ではなく『月の光』だと感じる。

何もかもを照らし出すのではなく、ぼんやりと浮かび上がらせる優しい光。

——この月は、きっと満月だ。

そう思わせる、尖《とが》ったところがどこにもない優しい演奏に、本当に心が落ち着き自然と瞼《まぶた》が落ちてくる。

眠りと現実の狭間《はざま》を揺蕩《たゆた》っているようで、ふわふわと心地よい。

曲が終わっても月の光に包まれたかのような余韻が抜けず、うっとりと目を閉じていた。

そっと空気が動いて、隆仁が近づいてくるのが分かる。

——またキス、してくれるかな。

というかここはキスする流れだよな、それでもって、その先も……と期待しつつ寝たふりを続ける錬の身体に、ふわっと何か柔らかい物が触れる。

「んえ？」

意外な出来事に目を開けて確認してみると、身体を包んでいたのは隆仁のコート。顔を上げれば、腰をかがめて申し訳なさげな顔をした隆仁と目が合う。

「すみません。起こしましたね」

「いや。こっちこそ、ごめん。……寝ちゃって」

キスしてくれなかったのは残念だが、風邪《かぜ》を引かないようにとコートを掛けてくれたことは嬉しい。

確実に愛されてはいる、と落ち込みそうな気分を引き上げて何とか微笑めば、隆仁もふんわり優しい笑みを返してくる。

「疲れてるんですね。今日は、このまま泊まっていかれますか？」

「えっ！　いいの？」

嬉しい提案に、心臓がわくわくと弾んで本気で少し眠かった目がぱっちりと開く。

しかし続く隆仁の言葉に、弾んだ心臓が床にのめり込むほど落胆する。

「はい。私は明日早いのでもう帰りますから、二階のベッドでゆっくり休んでください」

「ええっ？　隆さん帰っちゃうの？　隆さんも一緒に泊まってけばいいのに」

「……すみません。明日の朝、自宅に迎えが来ることになっていますので」

今更予定の変更はできないと言われては、仕事に差し障るなら仕方がないと引き下がるしかない。

一人で勝手に盛り上がったり下がったり、で疲れてしまった。

スマートフォンで帰りの足を手配する隆仁に未練がましい目を向けてしまうのが嫌で、フクちゃんを抱っこして気を紛らわす。

「んじゃ、今日はフクちゃんと寝んねだなー。よろしく、フクちゃん」

隆仁がいないのなら帰ってもよかったが、その気力が湧かない。それにフクちゃんと寝たいという誘惑にも駆られた。

「フクちゃん、錬くんを頼むよ。錬くんは疲れているから、君のゴロゴロでしっかりと癒やしてあげてね」

隆仁は、フクちゃんの腰をぽんぽんと叩いてご機嫌を取る。二人でフクちゃんをなでまくっているうちに、門の外に車が駐《と》まった気配がした。

フクちゃんを抱いてついていき、玄関で隆仁を見送る。

「片付けは明日、業者の方がしてくださるのでそのままに。ただ、戸締まりはしっかりしてくださいね」

「うん。お休み」

「お休みなさい」

名残《なごり》惜しげに錬の頬をなでる隆仁の手をつかんで、その手のひらにキスをする。

「錬くん……帰りたくなくなるじゃないですか」

ぜひそうして、と目力で訴えてみたけれど、隆仁はもう一度未練がましく錬の頬をなでて、何度も振り返りつつ玄関を出て行った。

門の閉まる音に、タクシーが走り去る音まで聞いてから、錬は部屋の中へと戻った。

楽しかったパーティーの残骸は、何故《なぜ》かもの悲しい。

見ているから辛いんだ、と錬はフクちゃんを抱いてさっさと二階へ逃げる。

「フクちゃん！　こんなんありか？　仮にも恋人が『お泊まりしましょ』って誘ってんのに『仕事があるので』って、ありかー？　お返しのキスもなしとか、あり得んよなあ？」

ベッドに寝転んでフクちゃんをお腹にのっけてぐちぐちと不満を並べ立てれば、うっとうしかったのかフクちゃんはぴょいっと身軽に床へ降り立ち、ドアの隙間から退散してしまった。

「あーっ、俺のこと頼むって言われてたくせにっ！　あー、もう。どいつもこいつも！」

フクちゃんにまで去られて一人きり。寂しさに、枕を抱えてごろごろと転がってやさぐれてしまう。

隆仁は前にも仕事優先で婚約者に逃げられた、としっかり自覚していて同じ轍《てつ》は踏まぬよう気を付けているようだが、まだまだ詰めが甘い！

「隆さんのくそ真面目！　堅物！　仕事人間！　――でも、そういうとこも好き」

仕事熱心で不器用なところも愛《いと》おしい、と思えるほどに好きだ。

細くて長い指と適度に節のある、まさに理想の美しい隆仁の手が自分に触れることを想像しただけで、ぞくっと肌が粟立つ。

「……隆さんのあの手で触られたら……気持ちいんだろーなぁ」

さっき、ちょっと触れられただけで過剰に反応してしまったのが悔やまれる。嫌だったわけではなく、ただ反射的に反応してしまっただけだ。

「ちょっと酔ってたし油断してたから駄目だったんであって、今なら絶対大丈夫なのに。もったいないことしちゃったな」

もっと落ち着いて対応できていれば、最後までいたせなくってもイチャイチャくらいはできたかもしれないのに。

ピアノを演奏しているとき、すらりと長い指がなめらかに鍵盤の上を流れていた。あんな風に全身を触れられたら、どんな感じがするんだろう。

頭の中で思い描くだけで、じんとした疼《うず》きが全身に波及する。

「きっと、絶対気持ちいい」

思うだけでは足りなくて、ズボンの隙間から手を突っ込み、妄想だけで熱くなったものに自分で触れてみる。

これは自分の手じゃない、隆仁のだ、と自己暗示で茎を扱《しご》く。

ほんの少し触れられた時の手の感触と、キスの時の唇の感触に濡《ぬ》れた音など、隆仁がくれたすべてのものを思い出しながらどっぷり浸る。

最近は疲れているのであまりしないが、自分でするときはいつも隆仁に触られているつもりでやっている。

特に今日は、新鮮なオカズがあるので捗《はかど》る、と思ったのだが当てが外れた。

「ん……隆さん……何で、もっと……触ってくんないんだろ」

本気で好きなら、もっと触れ合いたいと思うはず。そんな疑問が引っかかって、上手《うま》く浸れなくって集中できない。

「やっぱ、チンコ触っちゃうと女の人の方がいいかも、って思っちゃったとか？　おっぱいもないし」

隆仁は、これまで男性と付き合ったことがないと言っていたから、いざとなると「やっぱり無理だ」と思ってしまったのだろうか。

婚約者はどうだったか知らないが、以前に隆仁をふった山下《やました》という女性は、そこそこ胸があったように思う。

「やだ……隆さん……」

あのきれいでしなやかな手が、豊かな胸を揉《も》んでいるところが頭に浮かび、どうしようもなく辛くてぎゅっと強く目を閉じる。

触れるのも、キスするのも、自分だけにしてほしい。

もっと自分を好きになってほしい。デートの後、一人で部屋に置き去りになんてできないほど、好きになってほしい。

「あ、あの絵……」

欲張りな自分に嫌気が差してふと顔を上げると、壁に鍊が水族館で描いたパステル画が、きれいに額装されて飾られているのが目に入った。

部屋へ入ったときには、フクちゃんに気を取られていて気づかなかった。

ベッドに机にデスクトップパソコンに時計と実用品だけの殺風景な部屋に、一枚だけ飾られた装飾品。

自分の絵が――自分だけが隆仁にとって特別だ。

そう思うと、じんわりと心が温かくなり体温も上げていく。

「隆さん……んっ……ん」

水族館で抱きしめられたことも思い返せば、扱く茎にどんどん熱が集まってくる。

抱きしめられて耳元でぞくっとする美低音で囁かれた。あの感覚が蘇《よみがえ》れば、先端がぬめってよりなめらかに扱けるようになる。

手をつないで眠ってくれた、あの長くて温かい指が自分に触れていると想像すれば、蜜を漏らす先端がぴりぴりとしびれるような感覚がして身体ごと震える。

「ん、ふ……くっ」

感じるままに腰を揺らしながら先端をシーツに擦《こす》り付け、脈打つものには手で刺激を加えれば、びゅくっと勢いよく熱が吹き出した。

「んー……はぁ……何、やってんだか……」

欲求を晴らしても、気分はまったく晴れないどころか余計にどんよりした気分になった。

まだびくびくひくつく茎を慰めるのも虚《むな》しくて、錬はぐったりとシーツに突っ伏した。

「ん？　隆さん？」

「お休みのところをすみません」

何でいるの？　忘れ物？　と寝ぼけた頭をもたげると、もう朝だった。

窓の障子からは朝の白い光が差し込んで、隆仁の爽やかな笑顔をよりいっそう輝かせている。

眩《まぶ》しさに負けずしっかりと目を開き、辺りを見回して一緒に寝たはずのフクちゃんの姿を探す。

「ん……、フクちゃんは？」

「フクちゃんなら、下でご飯を食べてますよ」

昨晩は、虚しい一人遊びの後、汚れたシーツを取りかえ風呂に入った。

その間に普段二階で寝ているフクちゃんは、すでにベッドの上でアンモナイトならぬニャンモナイト状態で丸くなって寝ていた。

邪魔にならないようこっそり布団に潜り込むと、迷惑そうな目では見られたが、うるさく愚痴《ぐち》をこぼさなかったせいか一緒のベッドで寝ることを許してくれた。

とはいえ、フクちゃんに枕の上で丸まられ、さらに頭に背中をくっつけられたので、寝返りを打ったらモフ毛にまみれて窒息するんじゃないの？　なんて不安を抱えて寝る羽目になった。

おかげで少々寝不足気味の錬と違い、ぐっすり眠ったフクちゃんはすっきりと起きだしていたようだ。

「んで、隆さんはわざわざフクちゃんにご飯やりに来たの？」

自分がいるのに信用ないな、とむくれかけたがそうではなかった。

「フクちゃんのご飯はついでです。錬くんの朝食に、サンドイッチを持ってきました」

そんなことで昨日置き去りにされた恨みは消えないぞ！　と言いたかったが、手渡された紙袋の中身を見た途端に恨みはきれいさっぱりどこかへ消えた。

「わー、いっぱいある。ありがとう！」

隆仁が持ってきたのは、水族館に持ってきたのと同じ店のサンドイッチだった。

卵にハムにポテトサラダ、といろいろな種類の詰め合わせだったが、錬が好きだと言った照り焼きチキンもしっかり入っているのが嬉しい。

「嬉しいけど、こんなに食えないよ。あ、半分は隆さんのか」

「すみません。一緒に食べていく時間はないんです」

「えー。……俺、サンドイッチって好きだけどさぁ」

「はい？」

「でも……一番好きなのは隆さんなのに」

一番好きな物が手に入らないのは虚しい、とわざとらしく眉を下げてしょぼくれたふりをすれば、隆仁は困った顔をしつつも口角が上がる。

「それは……嬉しいですね」

タコみたいに尖《とが》らせた唇に、微笑みの形の唇で軽く触れるキスをくれた。

「隆さん」

もっとしてほしくって首筋に腕を回そうとしたが、その手を摑まれて阻止される。

「……すみません。外に車を待たせているんです」

「隆さん、俺のこと好き？」

「もちろん大好きですよ。食べたいほどにね」

じゃあ食っていけや！　という心の叫びを何とか飲み下し、キスだけをねだる。

「んじゃあ、もっかいキス」

「それは、喜んで」

もう一回のはずが離れがたく、何度もちゅっちゅっと音を立てて離れる度に、お互いにまた引き寄せられる。

「……あ、の……錬くん、すみませんが……」

「ん……隆さん！　うーっ！」

甘い雰囲気をぶちこわす着信音を発する隆仁のスマートフォンを、へし折ってやりたい気持ちを抑えて睨《にら》み付けるにとどめる。

「すみません……はい、ええ。もうちょっとで下りますから」

電話の相手は上司だろうか。しょんぼりと耳を倒したワンコのようなしおらしさで応対する隆仁が可愛くって、怒りは消えて代わりに腹筋がふるふるする。

「錬くん……本当に、すみません」

笑いを堪《こら》えていた変顔が、怒っているように見えたらしい。隆仁は錬にも平身低頭で謝ってくる。そんなところが愛おしくて、頭をなでなでしてしまう。

なでられて、嬉しそうに目を細めて見つめてくるのがまた可愛くって名残は尽きない。

壁の時計を見れば、時刻はまだ七時前。本当に忙しいのに、わざわざ朝食まで用意して立ち寄ってくれたのだ。

「仕事なんだから仕方ないよ。忙しいとこわざわざ来てくれて嬉しかった」

満面の笑みを向ければ、隆仁もようやくほっとした様子で微笑んだ。

見送ろうと隆仁と一緒に階段を下りていると、玄関の方から女性の声が聞こえてきた。

「この声……」

「錬くん？」

聞き覚えのある切なげな声に立ち止まる錬につられ、隆仁も立ち止まる。

「あーん、フクちゃん。なんて素敵なまん丸お目々。おしっぽもふくふくで、どうしてこんなに可愛いの？」

好き好きオーラ全開の甘い声に、二人して顔を見合わせる。

「えーっと、この声、あの山下さんって人？」

「はい。山下美登利《みどり》さんです。同乗していた彼女にフクちゃんのエサ遣りをお願いしたので……」

隆仁は彼女が猫好きというのは知っていたようだが、ここまで猫にメロメロとは思わなかったようで、ちょっと呆然としている。

今行くのは気まずいけれど、いつまでも階段の途中で突っ立っているわけにもいかない。

「あー……それじゃあ、錬くん。朝ご飯はちゃんと食べてくださいね」

「え？　ああ。はーい！」

わざとらしく大声で会話して「今からそっちへ行きますよ」とアピールしつつ階段を下り

て廊下へ出れば、玄関でフクちゃんを抱っこしていた美登利がこちらを向いて固まっていた。

「あ、おはようございまーす」

「……おはようございます」

頬ずりしていたフクちゃんをそっと下ろした美登利の顔は、さっきのフクちゃん相手の会話を聞かれたことに気づいたのか、平然としつつも耳まで真っ赤だった。

触れないのも不自然なので、ごく自然に猫の話題を振る。

「猫、お好きなんですね」

「はい。家にはもう三匹猫がいるので連れて帰ってあげられなくて残念でしたが、こちらに飼われることになってほっといたしました」

美登利は自分の足にすり寄っているフクちゃんを、目を細めて見つめる。

最初に会った日に美登利が庭で話していた相手は、隆仁ではなくフクちゃんだったのだ。

美登利に熱視線を送っていたのは、隆仁ではなかった。

隆仁が美登利を好きだったわけではないと分かったら、胸にかかっていた靄《もや》がすかっと晴れたみたいに気分がよくなった。

にこにこの笑顔で猫談義を振ってしまう。

「三匹いるなら、もう一匹！　ってならないもんなんですか？」

多頭飼いをしているならもう一匹くらい平気では？　なんて動物を飼ったことがない錬は

気軽に考えてしまったが、美登利はとんでもないですと首を振る。

「責任を持って飼える以上の数を飼うのは無責任になります。私は災害時にキャリーを両手と背中に背負って逃げることを想定し、自分が飼える猫は三匹までと判断したのです」

「……決まった相手がいるから駄目って、そういうことかぁ」

かわいそうだからと一時の感情で引き取って、今飼っている猫たちの世話までおろそかになっては誰も幸せになれない。

理屈では分かっているが、野良猫を見ると辛くなる。だから美登利は、ここで以前フクちゃんの姿を見たときも飼ってやれないことを謝っていたのだ。

「ホントに猫が好きで、大事にしてるんですね」

自分ももっとフクちゃんのことを考えてやらなくちゃ、とほのぼのとフクちゃんを見下ろす錬と美登利に、隆仁はおずおずと話しかけてくる。

「あの……山下さん、そろそろ時間では……」

「そうでした！　お早く、社長」

「それじゃあ、錬くん。また連絡しますね」

「あー……うん。いってらっしゃーい」

気まずいところを見られた照れ隠しか、同僚を『社長』なんて持ち上げる美登利に背中を押されるようにして、隆仁は門前に駐まっていた黒塗りの車に乗って去って行った。

「フクちゃん、愛されちゃってるねー。ま、俺も隆さんに愛されちゃってるけど」

隆仁が好きなのは、自分だけ。

ご機嫌な気分で、愛する隆仁が持ってきてくれた朝食をいただくべく、フクちゃんを抱っこして部屋へと戻った。

◆

正月の休みぼけもそろそろ抜けただろう一月の半ば。

駅前の喫茶店で、錬は膝の上にもうすぐ九ヵ月になる姪《めい》の春花のぷくぷくボディを感じるという幸せな状態で、姉の田村《たむら》恵から重い言葉を聞いた。

「離婚……しようと思うの」

「そっか……」

恵は目の下に隈《くま》ができてやつれきった様子だが、その目に宿る決意の強さに少し安心する。

「圭司《けいじ》さんは何て言ってんの？」

「まだ話してない。とにかく身の安全を確保したくて――」

「身の安全って！　ＤＶ？」

「そんな大したことじゃないんだけど……いや、大したことあるか」

授かり婚だった恵は、夫の圭司の願いで入籍と同時に仕事を辞めて専業主婦になった。夫が帰ったらすぐに温かい食事を出せ。部屋は常にきれいに。――と圭司は典型的な亭主関白だった。

それでも「専業主婦をさせてやってるんだからできて当然だろ」と言われれば、それもそうだとなるべく完璧に家事をこなした。

しかし春花が生まれてからは、そうもいかなくなった。

圭司は育児には一切関わらず、夜泣きをうるさがられるので春花が泣き出す度に夜の公園へと連れ出し、ブランコに座って春花と一緒に泣きながら眠ってくれるのを待った。

ちょっとぐずり方がおかしかったときに、抱っこしてあやしながらスマートフォンでその症状に該当する病気を調べていると「赤ん坊が泣いてるときにスマホかよ！」とスマートフォンを奪われ、壁に叩き付けて壊された。

育児について検索していただけだと理由を話しても、聞く耳を持たず。責め続けられるのが怖くて、理不尽《りふじん》なことで責められてもひたすら謝るようになった。

きつい言葉をかけられても、それでも暴力だけは振るわれなかったので「DVではない」と思い込んでいた。

しかし気に入らないことがあるとリモコンやクッションなど、手近な物を投げつけてくることはあった。

その日も、何だったか些細《ささい》なことに切れた圭司にクッションを投げつけられ、よろめいて手にしていたガラスのケトルをテーブルにぶつけて割ってしまい、火傷《やけど》を負った。

淹《い》れたての熱い紅茶が足にかかった程度だったが、最近ハイハイをするようになった春花が下にいたら、怪我《けが》や火傷をしていたかもしれない。

そう思ったら、正気に返った。

「春花に何かあったらどうするの？」と訴えても、圭司は「俺を怒らせるおまえが悪い」とまったく悪びれる様子はなかった。

——この人は、自分のことしか考えてない。

元は他人だった自分はまだしも、血を分けた娘まで愛する気がないなんて。そう思ったら総毛立つほどの恐怖を感じたと言う恵に、心の底から同意する。

錬が話を聞いている間も、膝を揺らしたり指でほっぺをむにむにつまんであやしていた春花を見下ろす。

目が合えばふにゃあっと目を細め、小さな前歯がちょこんと覗《のぞ》く口を開けて笑う可愛い春花。こんなに小さくて無力な存在を守りたいと、危険から遠ざけたいと思わない人間がいるなんて、信じられない。

そんな人間と理解し合うなんて不可能だ。

「誰か、その……圭司さんの同僚とか上司とかに注意してもらうよう頼むとかできないの？」

息子の味方をするだろう舅《しゅうと》と姑《しゅうとめ》はともかく、誰か相談に乗って圭司に意見をしてくれる人はいないのかと思ったが、恵は力なくかぶりを振る。

「あの人は本当に外面《そとづら》がいいから、彼が怒るなんて私がよっぽどいたらない妻なんだろうって目で見られるだけで、誰にも理解してもらえないよ」

結婚前の自分に彼の今の態度を語ったとしても信じないだろう、と自分でも思うと言うのだから、圭司は相当に猫をかぶるのが上手いようだ。

「付き合ってた頃は優しくて、誰より大事にしてくれたけど……。この前ネットの記事で『今は優しい彼氏でも、店員に取る態度が将来妻になったあなたに取る態度だ』ってあって、本当にその通りだと思ったわ」

結婚前にあの記事を読んでいたら、と恵は今更ながら臍《ほぞ》を嚙《か》む。

「レストランでコーヒーがぬるいとか、お皿の端に汚れが残ってたとか、正当な理由でだけど、持ってきたスタッフの子が泣くまで責めたり……」

何もそこまで怒らなくても、と思ったけれど間違ったことで文句は言っていないのだし、と口出しできなかった。

それに当時の恵は、そんな彼を頼もしいとすら感じていた。

何でも「いいよ、いいよ」と怒らず、見ず知らずのその日会ったばかりの人に集《たか》られて酒を奢《おご》ってしまうような、気のいいを通り越して気の弱い父親に散々苦労させられたせいで、強気な彼を頼りがいがある人と勘違いしてしまったのだ。

その気持ちは、一緒に苦労した錬にはよく分かった。

「親父《おやじ》と正反対がいい男、と思っちゃったわけだ。……あー、春ちゃーん。お手々痛くなるから、それやめてー」

「あー、春、春ちゃーん。こっちおいで」

じっとしているのに飽きたのかぐずってテーブルを叩き出した春を受け取った恵は、胸の中に抱き込んであやす。

ママに抱っこされても、春花のご機嫌は直らない。

「まんまんまー、んまー」

「ご飯食べてきたとこなのに。この子ってば食いしん坊で」

今度は母親の胸を叩き出す春花に、恵は鞄《かばん》からスティックタイプのビスケットを取り出して手に持たせる。

そのむちむちの輪ゴムがはまっているみたいな手首が、食いしん坊の証《あかし》のようで笑ってしまう。

「美味しそーに食べるなあ」

「まーっ」

にこーっと満面の笑みで、自分の手ごと食べる勢いで口に突っ込む春花を「おえっ、てなるからやめなさい」と呆れ顔でたしなめる恵は、ごく普通に育児をがんばっているママに見える。

だけど一人でがんばるのは限界がある。

どうしてもっと早く自分に相談してくれなかったのか、と言いたかったが恵の性格から弟に心配をかけたくなかったのだろうと察しが付いたので、言葉を飲み込む。

それよりも、これからどうするつもりなのかが知りたい。

「離婚するにしても……簡単じゃないよね」

「うん。とりあえず、家は出てきたから身の安全は確保できてるけど」

春花が怪我をしてからでは遅い、と友人の助けを借りてほとんど着の身着のままで家を飛び出したそうだ。

「ええ？　もう家を出てんの？　で、どこに住んでんの？」

「友達がマンスリーマンションを紹介してくれたんだけど、壁が薄くてね。春の泣き声がうるさいって、隣の怖そうなおじさんから苦情が来ちゃって。そのくせ自分は深夜まで大きな音でテレビを見てるから、うるさくて春が寝られなくて困ってる」

ぷにぷにの春花のほっぺに頬を擦り付けながら、じーっと上目遣いに見つめられて恵の意図を察する。

「俺の家なら、古いけど広いし、あんま苦情来そうにないね」

錬の住む、駅から遠くて築四十年のボロアパートは入居者が少ない。

あわせて八室のアパートの二階には、錬と年金暮らしのおじいさんが両端に住んでいるだけで、間の二部屋は空室。一階も真下の部屋は空いていたはずなので、春花が泣いたくらいで苦情は来ないだろう。

「錬ーっ、ホント、ごめーんっ！」

春花の小さな手も包み込み、一緒に手を合わせて拝まれて、苦笑いが漏れる。

突然過ぎて戸惑いはあるが、苦難は時を選ばずやって来るもの。

いつものように「仕方ない、何とかなるさ」と笑いながら乗り切るしかない。

「圭司さんはあんたの住所も連絡先も知らないはずだよね」

「ああ、うん。教えた覚えないな」

姉の選んだ人だから口には出さなかったが、圭司からは見下されているような気がして好きになれなかった。

まともに就職していないことを「低学歴だから仕方がないか」と馬鹿にされたが、ちょうど地方新聞の絵画コンクールで優秀賞を取ったところだったので、その賞金と表彰状を見せた。賞金は画材代で消える程度だったので、金額は黙っておいたが。

とにかく、それで『自称画家』ではなく、一応は社会的に認められている画家だと納得したようだ。

世の中には、作品よりその画家の肩書きを重視する人がいるが、圭司はまさにそういう人で、錬としても苦手なタイプだったので嫌われたところで痛くもかゆくもない。

お互い必要最低限の付き合いにとどめればいい、と割り切って交流を絶っていた。

恵からは春花のお宮参りやお食い初めに撮った写真を送ってもらったりと連絡を取り合っていたが、ごく普通な感じだったのでこの事態は青天の霹靂《へきれき》だった。

「突然迷惑かけて、ごめん。……でもお父さんは頼れないし」

「うん。姉ちゃんは俺のとこに来ればいいよ」

父親は頼りにならない。いつだって二人で乗り切ってきた。

母親が亡くなってから、錬の母親代わりをしてくれた姉のピンチだ。今度は自分が父親代わりになって姉を救いたい。

可愛い春花と一緒にいられるのも嬉しい。

「ありがとう。ただ……あんたんとこ、春が行って大丈夫？」

「あー、絵の具とかついたらまずいか。匂《にお》いもよくないよな」

その問題があったのを忘れていた。

油絵用の絵の具は、チューブから出してそのまま使うよりペインティングオイルと混ぜ合わせて使うのが一般的。筆を洗うのもブラシクリーナーという揮発性の油を使う。

それらは油独特の匂いがあり、換気のよいところで肌につかないよう使用する旨《むね》の注意書きがある。

そんなものを、赤ちゃんの近くに置いておくわけにはいかない。

「画材とか危なそうな物を友達んちに置かせてもらえないか頼んでみるから、ちょっと時間くれる？」

「もちろん！　急にこんなこと頼んで本当にごめん」

「いいって。姉ちゃんには世話になったし、何より春のためだもんなー」

紅葉《もみじ》の手、と言うより紅葉饅頭《まんじゅう》の手と言いたいぷくぷくの手を握ると、ぐいっと思わぬほど強い力で引っ張られて口元へ運ばれる。

「やめて！　俺のお手々は食べないで！」

「春、ぽんぽん壊すよ」

ぎゅっと握ってくる春花の手は、思いの外力強いけれど、やっぱり小さくてか弱い。やんちゃな春花を見て笑う恵も、元気そうだが目の下には隈があり顔色は冴《さ》えない。

他に頼る人のいない二人を、自分が守らなければと使命感に燃えた。

まずは、春花が安全に暮らせる居住空間作りだ。

俊に頼み込んで、空いている部屋に画材一式と描きかけの絵を預かってもらうことにした。

三日ほどかけて、バタバタと荷物を運んだり掃除をしたり。２ＤＫで二部屋あるうちの寝室を恵と春花に明け渡し、錬は絵を描くのに使っていた部屋で寝ることにした。

油絵は描けなくても、パステルを使った絵なら描ける。

小さな絵の方が委託販売もしやすくよく売れるので、この機会に小ぶりなパステル画の数を増やそうと前向きに考える。

最低限の身の回り品だけで逃げ出した恵の荷物は少なかったので、そちらの運び込みはスムーズにいった。

慌ただしくだが無事に引っ越しを終え、春花も環境の変化にすっかり対応してご機嫌ではいはいしている姿に心の余裕がでたのか、恵は錬の近況について訊ねてきた。

「そういえば、錬って家に呼ぶような彼女はいないの？」

いるならお家デートができなくなって申し訳ない、という配慮からの質問だろう。

「んー、恋人は……いないわけでは、ないなぁ……」

隆仁と付き合っていることを、いつかは恵に言わなければと思っていたが、いきなり今日とは。

どう切り出せばいいものか悩む。

言いにくそうに言葉を探す錬の様子をいぶかり、恵は悪い事態を想像したのか眉間にしわを寄せる。

「え？　何その含みがある言い方は？　……まさか、不倫とか！」

「違う、違う！」

『彼女』と呼べない『恋人』なんて、既婚者かと勘ぐられても仕方がない。

それじゃあ何なの、と睨《ね》め付けてくる恵に、なるべく軽くへらりと笑いながら答える。

「『彼女』じゃなくて『彼氏』ができた」

「は？　……カレシ？　って、え！　彼氏？」

素《す》っ頓狂《とんきょう》な恵の叫びに、寝転がって真剣にガラガラを齧《かじ》っていた春花が「んん？」とこっちを見る。

そのよだれだらけの可愛いお顔に「何でもないよー」と手を振ると、呼ばれたと思ったのかこちらへ向かってはいはいしてくる。

可愛い姿に頬が緩み、緊張が解ける。

「まだ付き合いだしたばっかなんだけど、ちゃんと真剣に付き合ってる」

「彼氏って、男の人？　だよね。ええ？」

恵は軽くパニック状態に陥ったようだが、無理もない。真面目に付き合っていると伝えたくて、冷静に言葉を選ぶ。

「男の人だけど……人間としていい人なんだよ」

先週の日曜日もデートに誘ってくれたのに、引っ越し作業で忙しかったので断った。

心配をかけたくなかったので「用があるから」なんて曖昧《あいまい》な言葉で濁したのに、何も聞かずに「無理はしないでね」とただ気遣ってくれた。

「ホント、大人で、俺なんかにはもったいない人だから」

「そう……そっかぁ。いい人なら、まあ……よかった。写真とかないの？」

「んー、あるよ。……ほい」

一番格好よく撮れた、ピアノを演奏しているときの隆仁の写真をスマートフォンの画面に表示して見せると、恵はひったくる勢いで食いついた。

「え？　すごい年上？　確かにいい男っぽいけど……ピアニスト？」

「んにゃ。ギャラリーのオーナーで、会社勤めもしてる人。けど、すんごいピアノ上手い。あと、いい男っぽい、じゃなく、確実にいい男」

「何のろけてんのよ！」

恵は『弟に彼氏がいた』という予想だにしなかった事態に困惑しつつも、デレデレな錬が幸せそうに見えて安心したようだ。

多少引きつってはいるが笑顔を見せてくれたのに、錬も安心する。

恵は、タオルを巻いたローテーブルの脚に頭をごっつんこさせながらもはいはいを続行しようとする無謀な春花を抱き上げ、驚きを共有しようと錬の彼氏の写真を見せる。

「ほーら、春。錬おじちゃんの彼氏だよー、びっくりだよね」

「びっくりさせてごめん。けど、ホント真面目に付き合ってっから」

真面目すぎて肉体関係もまだです、とは流石に姉には言えず。とにかく真剣交際だとだけ言っておいた。

◆

「春、重いなー。これずっと抱っこしてるってすごいな、姉ちゃん」

「徐々に重くなったから慣れたのよ」

油断をすると、反っくり返って落っこちそうになる春花を慎重に抱っこしながら、恵と一緒にギャラリー薄明へと続く商店街を歩く。

「こんなにのんびり出かけられるの、久しぶりー」

春花が生まれてからは美容院にすら行けず、友人の助けで家を出てからようやくカットできたという肩までのミディアムヘアをなびかせた恵の足取りは軽やかだ。

ギャラリー薄明が定休日の月曜日は小松がいないので、月曜日は錬がフクちゃんの世話をしに通っていた。今日はそのついでに、恵と春花に隆仁のギャラリーを見せてあげたくて連れ出した。

ギャラリーを見学して、商店街の安くて美味《うま》い総菜店でおかずを買って帰れば楽ができるし、いい気晴らしになるだろう。

本当は隆仁本人も紹介したかったが、忙しい隆仁の時間をわざわざ取るのは悪い。

今日もメッセージアプリで隆仁の予定を聞いてみたが、「土曜まで仕事です」と寂しい返事だった。

日曜日は休みだから会えるようだが、せっかくの貴重な休みに『姉の離婚問題』なんて重い話を聞かせたくない。

それに優しい隆仁なら、きっと力になると言ってくれるだろうけれど、これはうちの家族の問題だ。自分たちで解決しなければ。

恵もバツイチの友人のアドバイスを受けながら離婚に向けて話を進めている最中で、ごたついている。

こんなときに『弟の彼氏』なんて複雑な相手に会うのは精神的にきつそうなので、二人を引き合わせるのは恵の離婚問題の片が付いてからということにした。

ギャラリーに到着すると、今日は小松がいないはずなのに何故か門が開いていて、庭に面した窓から明かりも漏れている。

「ん？　……ああ、小松さんの奥さんが来てるのか」

小松は猫好きだったが小松の奥さんも大の猫好きで、夫からフクちゃんの話を聞いてお世話の手伝いに来るようになった。

さらに小松の奥さんは、可愛いおもちゃや美味しそうなおやつを見つけるとフクちゃんに貢がなければ気がすまないと、ことあるごとにフクちゃんに会いに来ていた。

だから今日もそうだろう、と深く考えずに中に入ったのだが――。

「いらっしゃい、錬くん」

「ええっ、隆さん？」

玄関が開いた音に気づいて奥から出てきたのは、スーツ姿の隆仁だった。

「え？　何でいるの――あっ！　あの、これには、いろいろとわけがあってね？」

突然、恋人が赤ちゃんを抱いて女連れで目の前に現れたら、動揺するに決まっている。そう思ったら、自分の方が動揺して軽くパニックに陥った。

「姉と姪です」と紹介すればいいだけなのに、そんなごく普通のことができなくて思わず抱いていた春花を「パス」と恵に押しつけてみたが、それで事態が変わるわけでもない。

春花はパニクる錬がおもしろいのか、「うきゃーっ」とぷくぷくのほっぺを持ち上げて笑う。その顔を見て「めっちゃ可愛いな」なんて思って、「いや、今それどころじゃないじゃん」と頭の中で一人でボケ突っ込みをしてしまう。

完全に挙動不審な錬に対して、隆仁はいつもと変わらぬふんわりとした笑みを浮かべた。

「可愛いですね。その子が春花ちゃん？」

「あ、うん！　そう。でもって、こっちは姉ちゃん！」

「はじめまして。お噂《うわさ》はかねがね伺っておりました。このギャラリーを経営している、城《じょう》

ノ内《のうち》隆仁と申します」

「はじめまして。錬の姉の恵です。その……いつも弟がお世話になっております」

「ごめん。姉ちゃんに言っちゃった」

二人のことを一人で勝手に判断して家族に話したのはまずかったかも、と今になって気づいたが、隆仁はまったく気にしていないようで「そうですか」とにこやかに微笑み、突然渡された春花を抱いて困惑気味の恵に向かって深々と頭を下げる。

「弟さんとは、親しくお付き合いをさせていただいています」

「何といいますか……愚弟が何かといろいろ山ほどご迷惑をおかけしていると思いますが、馬鹿は馬鹿なりにこれでもいい子なんで！　今後ともなにとぞよろしくお願いいたします」

少々堅苦しくも挨拶を交わす二人に、錬の気持ちも少し落ち着く。

軽く息を吐いて呼吸を整え、冷静に隆仁と向き合う。

「あの……なんですぐこの子が春だって分かったの？」

「なんでと言われましても、そっくりじゃないですか。お姉さんと君も似ていますし」

一目瞭然《いちもくりょうぜん》です、と言われて膝から崩れ落ちそうなほど脱力した。

「今日、仕事じゃなかったの？」

「連絡をいただいたら会いたくなって……昼休みにちょっと抜けてきました」

一日だけでも会えたらと、来てくれた。いじらしい恋人にじんときて、見つめ合う。

「……あの、私と春は先に帰るから」

「いや、でも」

「大丈夫、道は覚えてる。あ、帰りにオムツ買ってきてね」

弟の恋路を邪魔するほど野暮じゃないから、と恵は春花の手を取って「バイバイ」と振りながらにこやかに帰っていった。

「よいお姉さんですね。こちらへは遊びに来られたんですか？」

「あー、いや、その……いろいろあって。隆さん、今時間ないよね？」

昼休みに抜けてきたのならあまり時間がないはずだが、簡単に説明できる話ではない。

恵と春花のことに時間を取られて、今後は隆仁と会える時間が減るだろう。約束していた水族館の絵も、しばらくは描くことができない。

そのあたりの事情も説明したくて、錬はバイト仲間に頼み込んでシフトを代わってもらい、その日の夜に時間を作った。

隆仁の仕事が終わった二十一時過ぎにギャラリー薄明で落ち合い、錬はこれまでの経緯を話した。

恵と錬の置かれた状況を知った隆仁は、眉間に深々としわを刻む。

「何故、私に相談してくれなかったんです？」

「隆さんは忙しいし……。それに、これまで俺のことを助けてくれてたのは姉ちゃんだから、今度は俺が姉ちゃんを助けなきゃって……俺なりの意地って言うかプライド、かなぁ」

「実力の伴わないプライドなど、邪魔なだけです」

珍しく厳しいことを言う隆仁に驚いたが、事実なので何も言い返せない。

ぐっと唇を噛む錬の頬を、隆仁は慈《いつく》しむようにそっとなでる。

「何より大事なのは、お姉さんと春花ちゃんを守ることでしょう？　使えるものは何でも使うべきです」

「だけど……」

「錬くんには、もう何一つ諦《あきら》めてほしくないんです。君の役に立てるなら、何だってしますから」

「俺だけじゃなく姉ちゃんと春まで背負わせちゃうのは、いくら何でも申し訳なさ過ぎるよ」

「君は強いけれど、強がりはよくないです。もっと頼ってください」

隆仁の眼差しは真剣で、口だけでなく本気で力になろうとしてくれていると分かる。

厳しいだけでなく優しい隆仁に、頼ってしまえば楽なのだろう。

だけど、頼ってばかりでは対等な立場にいられない。年下だからって、甘やかされるばかりの恋人にはなりたくなかった。

「もっと強くなりたい。姉ちゃんに春に、……いずれは隆さんも守れるほど強くなるのが目標」

「格好いいです。惚れ直しました」

ちょっと大口を叩きすぎたかと思ったけれど、隆仁は呆れもせずに喜んでくれる。

そのはにかんだ笑顔が、神々《こうごう》しいほどにきれいで見惚れる。

しかし隆仁はすぐさま表情を引き締め、じっと錬の目を見る。

「君が家族を守りたいように、私も君を守りたいんです」

「なんで……？」

隆仁の目を見つめ返しながら問いかけると、隆仁は軽く俯き目を逸らしてぽそぽそと呟く。

「野暮なことを聞かないでください。……愛しているから、です」

「そこ、もうちょっと大きな声で！」

さっきまで格好よかったのに、照れて可愛くなるところに心臓がきゅんとなる。

「好き」はお互い散々言い合っているけれど、「愛してる」は格が違う。

「好き」が心地いい温もり程度の温度だとしたら「愛してる」は焼け付くみたいな熱量で、顔が一気に火照《ほて》ってくるが、嫌じゃない。

照れて長い指で顔を覆う隆仁の手をそっと引きはがし、もう一度言ってほしいとねだれば、隆仁は顔を上げてきちんと向き合ってくれた。

「愛しているから、君を守らせてほしい」

「隆さんに迷惑はかけたくないけど……だけど……今は、頼らせて」

心から自分を愛して力になろうとしてくれる人がいる。その愛情に応えるには、頼ることが正しく思えた。

隆仁に協力をしてもらうことにしたのはいいが、何をどうすればいいのか。

まずは恵と春花が安心して暮らせるよう、生活基盤を固めるのが先決だろう。

「赤ちゃんが家にいて、絵を描けるものなの？」

「パステル画なら描けるけど、油絵は匂うから無理。だけど、あんまり長く油絵の制作を中断するのはよくないんだよね。隆さんの水族館の絵も描きかけだし」

乾燥しきった油絵の上に絵の具を塗ると、『縮緬皺《ちりめんじわ》』と呼ばれる細かなしわが寄ってしまう。それに、絵の具が乾いて艶《つや》が失われると色調が合わせにくくなるので、描画用ワニスで表面を僅《わず》かに溶かす作業が必要になって、非常に面倒なのだ。

「他に作業場を借りるか、姉ちゃんに家を探すか……」

どちらにしてもお金がかかる。錬の貯金は僅かだし、恵も独身時代の貯金を切り崩している状態で、長くは持たない。

「他に頼れるお身内はいないの？」

「父親は生きてはいるけど……母さんが死んでから酒に逃げて……親らしいことは何もしてくれなくなって、いない方がましって存在になっちゃって」

「今は、どうしておられるのかな」

「姉ちゃん経由で聞いただけだけど、断酒会で知り合ったバツイチの女の人と一緒に住んでるって。俺はその人と会ったことないけど姉ちゃんは何回か会ってて、いい人だって」

籍は入れていないが、一人では乗り越えられない困難も二人でなら、とお互い支え合って暮らしているそうだ。

「それじゃあ、お酒はやめられたんだね」

「そうだけど……」

酒をやめたことで、恵は父親と連絡を取るようになり春花の顔も見せに行ったそうだが、錬は会っていない。

錬は父親に盾突いて、何度か殴られたことがあったのだ。

恵に心配をかけたくなくて、殴られた痕《あと》を「サッカーボールが当たった」だの「友達とふざけててこけた」だのとごまかし、一人で耐えてこっそり泣いた。

「親父を恨んでもしょうがないけど、『仕方ない』って許せるほど傷は浅くない。それでもまあ、親子ではあるから何かあったら手助けする、って程度の距離感で付き合うのがお互いのためかなって」

父親に何かあったら助けるが、自分が父親に助けを求めることは絶対にない。

「だから、自分たちだけで何とかしないと。んー……俊の家に下宿させてもらえないかなぁ。

でも、あそこからじゃバイト先まで時間かかるか……」

何度も引っ越すのは春花の負担になるだろうから、恵ではなく錬が家を出る方向で考えてみるが、なるべくお金をかけずに、を条件にすると選択肢は少なくて悩ましい。

悩む錬に、隆仁は頼りがいのあるところをアピールしてくる。

「でしたら、ここを提供します。二階のスペースを使ってください」

「それは……すごくありがたいけど」

「それなら決まりですね」

隆仁はここに住んでいるわけではないから生活の邪魔にはならないだろうし、それにここにいれば隆仁ともっと頻繁に会えるかもと思うと、迷惑かもなんて遠慮は地平線の彼方《かなた》まで吹っ飛んでいった。

「バイト先から二駅遠くなるけど、まあそれくらい大した問題じゃないね」

「そのことですが……錬くんは今のアルバイトを、やりがいを感じてやっているのでしょうか？」

「え？　えっと……力仕事できついけど、人間関係はそんなに悪くないし、バイト代も昼の仕事よりはちょっといいから……まあ、いいかな？　って感じ」

「生活のためにやっているだけで、経験を積んでいずれは運送業をはじめたいなどの将来的な展望はないんですね？」

「うん、そうだね。あ、隆さん、もっといいバイト知ってるの？」

よいアルバイト先でも紹介してくれるのかと期待する錬に、隆仁はとんでもない提案をしてきた。

「アルバイトを辞めて、絵とお姉さんのサポートに集中しませんか？」

「いや、それは、できればそうしたいけど」

「それなら、私が錬くんの絵を買い取ります。まずは前に非売品だった皇帝ダリアの絵を買い取らせてください」

百万円近い絵が売れれば、それで当面の生活費になるはずと言われてみればそうだが、それじゃあよろしくと簡単に言える額ではない。

「いや、待って！　気持ちはありがたいけど、それはやりすぎだよ。隆さんだって生活があるのに」

「そこそこの蓄えがありますので、大丈夫です。水族館の絵にも適正代金を支払います」

「いや、それはもらえない。あの絵はナイトツアー代だし」

「ツアー代金は君の笑顔で支払い済みです」

だからお金を払って買い取ると主張する、炸裂するイケオジ言語がすごすぎて太刀打ちできない。

「イケオジ、ホント格好いい」

「おじさんなんですから、格好くらいつけさせてください」

「頼もしいけど申し訳ないし、ありがたいけど自分が情けない……」

助けてもらえるのは嬉しいが、これでは恋人におんぶに抱っこだ。

自己嫌悪に陥る錬に、隆仁はそれは違いますと余裕のある笑みを浮かべる。

「私は錬くんの絵を評価しているから、こんな提案をしたんです。いくら好きな人の絵でも、それだけの価値がないと思えばそんなお金は出しません」

「隆さん……ホントに？」

「あのダリアの絵が欲しくてお願いしているんです。あの爽やかな絵は、寝室に合いそうですね。いや、寝室には、水族館の絵の方がいいかな……」

寝室に飾るにふさわしいのは皇帝ダリアか大水槽の絵か、真剣に吟味しだす隆仁は本気で自分の絵を欲しがってくれていると信じられた。

それなら、これを機に一度やってみたかった『毎日好きなだけ絵を描く』をやってみたい。

それで描いた絵が売れなければ、また他の仕事につけばいい。

「よし！　それじゃあここは隆さんに甘えて、後は全力で自分でがんばる！」

「頼もしいです。がんばってくださいね」

晴れやかに微笑む隆仁の笑顔に、不安ばかりだったこれからの生活が、手探りながらも楽しい冒険みたいに思えてくる。

隆仁となら、どんな困難も乗り切れる。

そんな風に思える人と巡り会えたことに、心から感謝した。

◆

錬がギャラリー薄明へ引っ越すと決めたはいいが、恵と春花を慣れない環境で二人きりにするのは躊躇《ためら》われ、結局は引っ越しせずギャラリーに絵を描きに通うことになった。

レンタルギャラリーとして使用される時は一階は使えないが、隆仁はあまり商売熱心ではなく月に二組くらいしか予定を入れていなかったおかげで、絵や画材の搬入はスムーズにいった。

すでに完成ニスを塗布し終わっていた皇帝ダリアの絵は隆仁の家に送り、他はギャラリーに運び入れる。

ギャラリーの二階は、寝室とリビングとバスルームに、使われていない部屋も一室あったのでそこが錬の作業場となった。

八畳ほどある漆喰《しっくい》の壁に板張りの和風モダンな部屋は、なかなか趣《おもむき》があってテンションが上がる。

窓に匂い対策の換気扇をつけてもらい、床には汚れ防止にビニールシートを敷く。そこに絵を立てて描くのに使うイーゼルやキャンバスを運び込めば、まさしく『洋画家の部屋』になった。

畳の和室に新聞紙を敷いていた自宅とは大違いだ。

「何か、いっぱしの画家になった気分」

「足りないものがあったら言ってくださいね」

隆仁は相変わらず忙しく、昼間は来られなかったが早く帰れる日は顔を出してくれるようになった。

少しでも会えれば嬉しいと思っていたが、会えば会ったでもっと一緒にいたくなる。

自分がこんなに欲張りとは知らなかった。

今日は恵から「たまには恋人とゆっくりしてきなよ」とお泊まりを勧められたので、帰らなくていい。

明日の日曜は隆仁も久しぶりに休みだそうで、今からずっと一緒にいられるのが嬉しい。

二人で錬の作業場をゆっくり見る、なんて特に何ということもない行為も楽しくて、うきうきと心が弾む。

「今日は午後からずーっと描いてられて、楽しかったー」

「それはよかった。しかし、すごい服ですね」

隆仁も仕事帰りだというのに元気そうで、初めて見る錬の作業服姿に目を細める。

油絵の具が服につくと洗ってもまず落ちないので、絵を描くときは汚れてもいいつなぎの作業服を着るのだが、長年着ているつなぎは元はただの水色だったが今は赤、青、緑、とりどりの色がつきまくってカラフルだ。

「絵の具のついたつなぎって、いかにも画家っぽくていいですね。お似合いです」

「隆さんはスーツが似合うよね。俺が年くってもこうはならないだろうな」

就職活動をしていない錬は、そもそもスーツを持っていない。堅苦しそうだから着たいと思ったこともなかったけれど、こう格好よく着こなす人がいると自分なんて見劣りしそうでますます着る気が失《う》せる。

自分に似合うのは、この絵の具にまみれたつなぎだ！　と誇りを持てる生き方をしたいと思った。

絵の具が隆仁のスーツについては大変、と錬はセーターとジーンズに着替えてからのんびりと過ごすことにした。

「これ、隆さんの水族館の絵ね」

「ここからどうなるのか、楽しみです」

イーゼルにのせた、まだ白い下地に水色が少しのっただけの情けない絵を紹介する。

他にも作品展に出品する用の描きかけの風景画や、主にサイトで売るパステル画も見てもらう。

フェチ丸出しの手の絵だけで埋まったスケッチブックをめくった隆仁は「本当に手が好きなんですね」とおかしげに笑った。

「手をモチーフにした作品はないんですか？」

「んーっとね……ちょっと聞くけど、手だけが描かれた絵をリビングや寝室に飾りたい？」

「……なるほど。描いても売れないんですね」

「そういうのが好きな人もいるけど、っていうかそれ俺だけど――とにかく、一般的に受けのいいモチーフじゃないから」

売れる当てのない絵を描く余裕などなかった。しかしこれからしばらくは、一日中絵を描いていられる。

もう少し落ち着いたら、美しい隆仁の手をがっつりと描きたい。

「水族館の絵が描けたら、今度は隆さんの手を描きたいんだけど、どうかな？」

「ぜひ、お願いします」

お許しが出たことに有頂天になり、絵心を刺激する隆仁の手をぎゅっと握る。

「やったー！　この手を描けるとか……夢みたいだ」

うっとり幸せに浸る変態的な手フェチに呆れることなく微笑ましく見守ってくれる、ありがたくも眩しい隆仁を失望させないよう、絵画として飾れる作品にしなければと自分に言い聞かせる。

「ところで、こちらの絵は？」

梱包を解かずに壁に立てかけてあるキャンバスに気づいた隆仁に問われ、ちょっと困ったなと思う。

風景画によく使われる、細長いPサイズ百号の大作が目につかないわけがない。できれば触れてほしくなかったが、仕方がない。

「それは……卒業制作」

「ああ、蓮《はす》の花を描いたという。こちらも見せてください」

「んー……。そうだね。隆さんなら……いいか」

隆仁は、単にまだ梱包を解いていないだけだと思ったようだが、苦い思い出から目を逸らしたくて触れずにいたのだ。

けれど隆仁が見たいなら――隆仁になら見せてもいいと思えて、錬は隆仁に手伝ってもらいながら梱包を解いた。

緩衝材のシートを剝《は》がすと、ぱらぱらと何かが落ちてきたのに隆仁は驚いて目を見張る。

「ん？　何かが……え？　絵の具、ですか？　まさか、運ぶときに破損を？」

「ううん。自然に剝離《はくり》しただけ。この絵は……元からぼろぼろだから」

「骨折されて……きちんと描けなかったんですね」

「先生から先のことを考えて無理をするなって言われて、しばらく筆を持たせてもらえなくてさ」

「よい先生ですね。それで、骨折の後遺症などはないんですね？」

「おかげさまで。こっそり描こうにもみんなから止められちゃって、全然進まなくって」

それなら左手で！　と挑戦してみたが、上手くいかずにイライラが募っただけだった。

痛みがましになり筆を持てるようになっても、人差し指が使えないというのは思ったより描きづらく、作業はどんどんずれ込んだ。

「寒い時期だったから、ただでさえ乾きにくい油絵の具がさらに乾かなくて……色が混じらないよう、絵の具に乾燥を速めるシッカチーフってのを混ぜたんだ」

乾燥促進剤はとにかく制作時間を早めたいときに有効だが、混ぜる量や乾燥するまでの時間を把握していないと、後から絵の具が剥離したり縮緬皺《ちりめんじわ》が寄ってしまう諸刃《もろは》の剣《つるぎ》。

これまで使ってこなかった錬が付け焼き刃の知識で扱えるものではなく、時間の経過と共に絵の具の剥離が起きてしまったのだ。

「これは、直せないんですか？」

「できるけど、しない。この絵が当時の俺で、この絵があるから今の俺がある。何て言うか……自分史みたいなものだから、後から改ざんしたくない。もう二度と……こんな無様な絵は描かないって自戒のためにも、この絵はこのままにしておく」

蓮は、泥の中から水中を抜けて空へと伸び上がる浄土の花。可憐だけれど力強いあでやかな花にも、爽やかな水色の空にも無数のひび割れが走り、余計に惨《みじ》めに感じる。

こんなに美しい花を無様に描いてしまった自分のふがいなさに俯《うつむ》けば、隆仁に肩を抱き寄せられる。

「凛《りん》とした佇《たたず》まいの蓮とぼろぼろの空は、厳しい環境の中でそれでも折れずに真っ直ぐに育った錬くんそのもののようです」

「そんな大げさなもんじゃないよ」

「いいえ。もっとずっと上を目指す、妥協のない君そのものです。だから、応援して、力になりたい。上り詰める錬くんを見てみたい。誰よりも一番近くで」

「隆さん……褒めすぎ」

「褒めてはいません。事実を述べたまでです」

「ありがと、隆さん。俺、がんばるから」

嬉しすぎて泣きそうになって、涙が零《こぼ》れないよう上を向けば、抱き寄せられて目元にキスされる。

「た、隆さん」

「錬……」

優しく舌で涙を拭《ぬぐ》われて、そのまま頬や鼻にもキスされる。

そして、唇にも。

軽く唇を開いて受け入れると、歯列を割って入り込んでくる舌に舌を搦《から》め捕《と》られ、濡れた音が何だかくすぐったく聞こえる。

「ふ……たか、さ……」

「錬くん……もっと深く、触れてもいいかな」

「うん……」

聞かれるまでもなく、ずっと触れてほしかった。

待ち望んだ言葉を耳元で囁かれ、腰が砕けそうになって縋り付けば、強く抱きしめられる。

だけど、それだけじゃ足りない。

もっと深く、もっと全部に触れてほしい。

「俺……ずっと、隆さんに触ってほしかった」

「私もです。私も、君に触れたかった」

腕の中から恨みがましく見上げる錬に、隆仁も自分も我慢していて辛かったと訴えてくるが、散々焦《じ》らされただけにちょっとだけ疑いの眼差しを向けてしまう。

その眼差しの意図を察したのか、隆仁は眉を下げて言い訳してくる。

「錬くん……すみません。でも、次の日が休みで翌日一緒にいられる日でなければと、堪えていたんです」

「え？　なんで？」

「それは、その……君の身体に負担がかかる行為をするわけですから、側にいてケアしたいと」

「ああ……けど、いいのに、そんなの」

「よくないです。君が辛いときには側にいたいんです」

優しさが辛い、ってこういうときに言うんだと実感する。思い遣ってくれるのは嬉しいが、時と場合による。

眉間にしわを寄せる錬が不安がっていると思ったのか、隆仁は無茶なことはしないと必死に訴えてくる。

「もちろん、なるべく負担がかからないようにするつもりですが、それでも、やっぱり――」

「信頼してるって」

まくしたてる隆仁の唇に人差し指を押しつけて止める。

今は、話よりもっとしたいことがあるはず。

視線で訴えれば、隆仁もただ目を細めて頷く。

「錬くん……」

抱き寄せられて、するっとセーターをたくし上げられシャツの上から背中をなでられる。

セーター越しよりは感じるけれど、それだけでは足りない。

もぞもぞと自分からセーターを脱げば、隆仁は錬のシャツのボタンを外しにかかる。

だから錬は、隆仁のベストのボタンを外す。

きっとお互い自分で脱いだ方が早いだろうが、脱がせ合うのが楽しい。

「ふふ……」

目が合う度に、何がおかしいのか笑ってしまう。

シャツのボタンをすべて外した隆仁は、錬のズボンのボタンにも手をかける。

「あ……」

「駄目かな?」

問いながらも、隆仁は手を止めずにボタンを外してファスナーまで下ろし、ズボンの隙間から手を差し込む。

「若いね。もうこんなに……」

「……いや、だって、さ」

触られる前から勃起していたのを指摘され、耳まで熱くなる。

恥ずかしさに逃げ腰になると、ぐいぐい押されて仮眠用にと隆仁が用意してくれたカウチに追い込まれる。

「えと、隆さん?」

「可愛いね……錬くん」

こんなとこでするの？　と訊ねる間もなく耳元に美低音をくらい、完全に腰砕けで崩れるようにカウチに座り込んだ。

即座にのし掛かってきた隆仁にパンツの上から股間をゆるゆるとなでられ、びくっと身をすくめると、隆仁はあやすように頬をすり寄せ髪をなで、耳元から首筋までねっとりと舌を這わす。

優しい刺激が気持ちいいけど、もどかしい。

「はっ、ん……隆さん、隆、さん……ねえ……」

直《じか》に触ってほしいような、それはちょっとまだ怖いような、複雑な気持ちで呼びかければ、隆仁は顔を上げる。

「直接、触れてもいいですか？」

少し茶色味がかった瞳で、じっと見つめられる。焦れたような眼差しは、きっと触れたがっている。

触れてほしいと答えたいのに緊張のせいか喉がひくついて声にならず、とにかくこくこくと頷けば同意の意思は通じたようだ。

隆仁は嬉しそうにゆったりと微笑み、パンツの中に手を差し込み直接触れてきた。

「ん、あっ」

自分の手とは違う少しひんやりとした感覚に、自分が熱を帯びているのを実感する。

気まずさに俯けば、隆仁は耳元に唇を寄せ、いつもの美低音で囁く。

「すみません。……先に脱がせてあげればよかったですね」

「う……まあ、そう、かなぁ」

先走りでパンツが濡れているのが恥ずかしいけれど、隆仁が触ったからそうなったわけで。

隆仁はその事態を楽しむように、パンツをずらして錬のものを取り出し、新たな先走りを漏らす先端を満足げに指の腹でなでる。

「あっ、あ……や……」

「いや？」

「あ、ちがっ……やめちゃ、やだ。……もっと」

「分かりました」

ここでやめられて、また自分で虚しく慰める羽目に陥りたくない。

もっと触ってほしいとねだれば、背もたれに押しつけられて片手で髪や首筋をなでられ、片手では勃《た》ち上がって蜜を漏らす茎を扱かれる。

「あっ、あ……、あっ、隆さ、隆さんっ」

めまいを起こしたみたいに頭がくらくらして目を開けているのが辛くなるが、隆仁の手が見たい。

隆仁の長い指が自分の性器を握って、先走りで濡れてぬらぬら光っている。そのなめらかな動きを見ているだけで、息が上がるほど興奮する。

時折、熟れきった先端をくるんと包み込んだり、ぎゅっと茎を摑んで根元まで皮を引っ張られたり、変則的な読めない刺激に翻弄されて頭を反らして首を振ってしまう。

「やだ、やだっ、それ、もう……い……」

「イキそうですか？」

「んーっ……も、無理っ。出ちゃうっ」

腰まで疼くほど気持ちよくって達しそうだけれど、このままだと服が汚れる。

だから放してほしくて隆仁の肩を押して止めようとしたが、隆仁はより密着して首筋に嚙み付くように吸い付いてくる。

「やっ、隆さ……ホント、出るっ、から」

「いいですよ。このまま……」

「やっ！　ん……」

よくない、と抗議しようとした唇をキスでふさがれ、もう脈打つほど滾《たぎ》った中心をより激しく扱かれる。

「んっ、んーっ、う……んんっ！」

追い詰められてあっけなく爆《は》ぜてしまった脱力感に、錬はぐったりとカウチの背もたれに身を投げ出したが、隆仁の方はまだ恍惚《こうこつ》とした表情でゆっくりと手を動かすのをやめない。

「んっ、やだぁ、もう……」

「若木みたいにしなやかで、勢いがあって……懐かしい飛距離です」

素晴らしい、とシャツの胸元まで飛び散った精液をうっとりと見つめられ、恥ずかしいやら呆れるやらで、隆仁の髪をぐしゃぐしゃにかき混ぜてしまう。

「隆さん！　服……汚れちゃったじゃない！」

「すみません。あまりに可愛くて、つい」

脱がす間もなくがっついたことを詫《わ》びられたが、にこにこと全然悪いと思っていない顔で言われても腹が立つだけだ。

「反省の態度が見えないっ」

「すみません。続きは、ちゃんと脱いでからにしましょう」

ぐいっと力強く引っ張られて立ち上がらされ、肩を抱かれて寝室ではなくバスルームへと連行される。

いつもと違ってちょっと強引なところが新鮮で、さらにこれからの行為への緊張も相まって、心臓が倍くらい大きくなったみたいにどきどきとものすごい鼓動を感じる。

「準備はお風呂でした方がいいでしょうから」

「準備って？」

「男同士だと、その……いきなり入れるのは無理だそうなので」

「ああ……なるほど。それ、聞いたことある」

本来は入れる場所ではないから、ローションを使って解《ほぐ》さないと入らない。その程度は調べずとも知っていたが、改めてネットで調べてみると、しっかり解してコンドームも使わないとお腹を壊すなんてこともあるそうで、男同士も意外と大変なんだと思った。

そういったことを事前に調べて必要な物もそろえてくれているような口ぶりに、隆仁も自分と愛し合いたいと思ってくれていたんだと分かり、嬉しい気持ちがじわじわ頬を熱くする。

「あ、フクちゃん」

廊下に出ると、突き当たりの窓枠に座っていたフクちゃんが「暇なら遊んであげてもいいよ」とばかりに足にすり寄ってきた。

普段なら「遊ばさせていただきます」と神妙に猫じゃらしを振らせていただくのだけれど、今は都合が悪い。

「フクちゃん。おやつを差し上げますから、リビングへ行きましょう」

隆仁はフクちゃんに話しかけながら、錬の背中をそっと押す。

邪魔されないようフクちゃんを隔離しておくから先に風呂に入れ、ということだろう。

二人でお風呂、も何となく恥ずかしかったので、これ幸いとさっさと汚れた服を脱いでシャワーを浴びる。

今のうちに、と股間を特に念入りに洗っていると、ほんの数分で隆仁もバスルームへ入ってきた。

「フクちゃんはおやつ増量で、今日はリビングで寝てくれるよう頼んできました」

「そ、そっか。フクちゃん得したね」

当たり前だが素っ裸で入ってきた隆仁に、シャワーを正面から浴びるふりで背中を向けてしまう。

一瞬ちらっと見ただけだが、ジムに通っているだけあって隆仁は細身だが引き締まった身体をしていた。服を着ていないと、腕と足の長さが際だって二割増しに格好よく感じる。

股間のものは平常でも存在感があって、あれが育つとどうなるんだろうとちょっと不安になった。

「錬くん……。本当にモデルができそうないいスタイルですね。お尻も引き締まっていて、肌もきれいだ」

隆仁の方も、初めて目にする錬の全裸に目を細め、惜しみなく称賛する。

「いや、でも、最近はバイト辞めたから、ちょっと筋肉落ちてない？」

「いいえ。素敵です」

後ろから肩を摑まれ、そのまま軽く前に押されて身体を壁に押しつけられる。

一緒にシャワーを浴びるためかと思ったが、隆仁はシャワーを止めてしまう。

「隆さん？」

「滑らないよう、壁に手をついて」

「あ、ああ。うん」

軽く振り返れば、隆仁は薄いピンクの液体が入った細長いプラスチックの容器を手にしていた。

フクちゃんをリビングに誘導するついでに、ローションも取ってきたようだ。

着々と準備を進める隆仁に、この日のことをシミュレーションしていたんだろうかなんて考えて顔がにやける。

「んっ、ひゃ！」

にやけて油断していたところに、滑《ぬめ》りをまとった隆仁の手に双丘の間をなぞられて変な声が出た。

「冷たかったですか？」

「いや。ちょっとびっくりしただけ」

実際ちょっと冷たかったが、リフォームされたバスルームには浴室暖房がついていて暖かいので、この程度の冷たさなら平気だ。

振り返って微笑めば、心配げに眉根を寄せていた隆仁も微笑みを返してくれる。

そのまま、隆仁はゆっくりと何度も手を上下させ、奥の窄《すぼ》まりまで到達するとそこを軽く押すように擦る。

「あっ、や……くっ」

「痛い？」

「ん、うん」

また後ろから耳元で美低音で囁かれ、後ろを擦られたときより身体がびくつく。

錬の身体が強張《こわば》ったのに気づいたのか、隆仁は髪に頬ずりしたり肩にキスしたりして気を紛らわしてくれる。

「隆さん……大丈夫だから……続き、して」

「錬くん……」

流石に恥ずかしくて前を向いて俯いたまま言えば、軽く震えた隆仁がより身体を密着させてきた。

そして、お尻だけでなくこちらも、と再び前も愛撫《あいぶ》し始める。

「うわ……すご……」

俯いていると、隆仁の手が自分のものを包み込むのが見えてしまう。

軽く握って先端を中指の腹で擦られると、それだけで蜜が零れる。その蜜を塗り広げるようにして中指と人差し指で亀頭と茎の境を挟み込まれて背中がしなる。

「あっ、隆っ、さん」

「気持ちいいですか？」

「う……うー……あっ、はっ、ああっ」

素直に認めるのが恥ずかしくて言葉を濁せば、まだ気持ちよくないならもっとがんばらないと、とばかりに軽く皮が動く程度に扱かれる。

「あっ、あん……隆さん、それ……気持ちいい、からぁ」

「では、もっとしますね」

意地悪い返事にむくれて振り返れば、蕩《とろ》けるような笑顔を向けられる。

自分が気持ちよくなることで隆仁が喜ぶなら、素直に感じることが自分にできることだろうと思えた。

「あっ、あ……んーっ」

前への刺激に気を取られていたが、後ろの指もゆるゆると動いていて、少しずつ入ってくる。

初めての感覚に、つい締め付けそうになるのを意識してゆっくり息をすることで堪える。

隆仁の指が自分の中にあるなんて、不思議な感じだけれど、中まで触れてもらえるのが嬉しいとも感じた。

前と後ろだけでなく、隆仁が軽く身体を揺らして擦り付けてくるので、互いの肌が触れ合うのも気持ちいい。

ただ隆仁のくれる愛撫に身をゆだねていると、後ろの指を増やしたのか異物感が増す。

浅い部分を抜き差しして慣らしていた指が、時折内壁を押すようにして何かを探っているみたいだと思った瞬間、びくっと身体が強張った。

「あっ、ふっ？」

「錬くん！　痛かったですか？」

「え、いや。痛くは、ない、けど……」

触られた瞬間、反射的に身体が跳ねた箇所がある。何だろうと思っていたら、再びそこを探られて背中がしなる。

「やっ！　やっぱ、そこっ……変？」

「ここ、ですね。……本当に、意外と浅い場所にあるんですね」

「ある、って？」

「前立腺です。ここを擦ると――」

「んっ、ひゃっ。……わ、分かりましたっ！」

声も身体がびくつくのも抑えきれないほどの刺激に、頭の中がちかちかする。

世の中には『前立腺マッサージ』という言葉があるくらい、そこをいじると気持ちいいと知ってはいたが、触られただけでこんなになるとは知らなかった。

「やっ、隆さん。変な感じ、するからぁ……」

痛くないけど変だからもうやめて、と頼んでも隆仁はやめるどころかさらに指を抜き差ししながらその場所を擦る。

「やぁだ！　隆さん。たか、あっ、ああっ、んんーっ」

「錬……締め付けないで」

肩や首筋にキスをされても、そんなもので気が紛れる刺激ではない。指がうごめく度に頭の中をかき回されているみたいで、くらくらする。腰の奥が疼いて疼いて、疼きがぴりぴりした電気みたいに股間を熱くする。

「うそうそっ、無理っ！　無理だっ、て……んんっ！」

今はもう触られていないのにしっかりと反り返った先端から、勢いよく白濁した蜜が吹き出した。

全然我慢がきかなくて、あっけなく達した自分が信じられない。

目の前にちかちかと星が飛んでいるみたいに刺激的で、外を擦られたときとは違う感覚だった。

膝から崩れ落ちそうになったのを抱き支えられ、振り返って自分から隆仁に縋り付く。

「……はぁ……ね、今のって……」

「錬くんは感度がいいんですね。とても可愛かったですよ」

嬉しげに微笑む隆仁に、錬は眉間にしわを寄せて疑いの眼差しを向けてしまう。

「隆さん……男と……したことあるんじゃないの？」

「え？　ないですよ？」

「ホントに？　その割にはさぁ……上手すぎる気がするんだけど。それに……前立腺の場所なんて、普通知らないよね？」

事前に場所を知っていたような口ぶりだったのが気にかかる。隆仁は男性と交際をしたことはないと言っていたが、エッチなことはした経験があるのでは、なんて疑念が湧く。

そうだとしても、別に悪いことではないのだから気にする必要はないはずなのに、どうしても気になる。

嫉妬なんてみっともないと気持ちを抑えようとしてもできなくて、何故あんなことを知ってたのか問いかける錬に、隆仁は照れくさそうに濡れた髪をかき上げる。

「それは、その……男性同士でお付き合いをされている方に、ご教授いただきました」

「ええっ！　教えてもらったって、やっぱりその人と──」

「いえ、実践はなしです。以前に接待で連れて行ってもらったゲイバーにお勤めの方に、どのようにすればよいかを口頭で教えていただいただけです」

その教えてくれた人が受け手で、初めてした次の朝は起き上がれないほど辛かったと言っていたので、隆仁は翌日のケアまでしっかりできる日にしかセックスはしないでおこうと決めたそうだ。

「大事な錬くんに、何かあっては大変ですから」

「そっか……。その、えっと、わざわざありがとね」

ぺこりと頭を下げる錬に、隆仁も「いえいえ」と頭を下げる。

どこまでも自分を大切にしてくれる隆仁には感謝しかない。しかし大事にされるのは嬉しいけれど、錬だって隆仁のことを大切に思っている。今も――。

「隆さんは……大丈夫？　それ」

「ああ……そうですね」

感じている錬を見ていただけで、しっかりと角度がついた隆仁の昂《たか》ぶりが嬉しい。

この先は、風呂場では滑って危ないだろうとベッドルームへ移動する。

僅かな距離だがバスローブを着せられ、バスローブなんて個人宅にあるものなんだと変なことに感心した。

ベッドに腰掛け、またキスから気持ちを高め合う。

舌を絡《から》め合うキスの合間に、互いのバスローブを脱がせてベッドへ横たわる。

「隆さん……隆さんの手って、ホントきれい」

隆仁の手を取って手のひらに口づければ、頬をなでられる。そのまま首筋から鎖骨、胸まで下りてそこは特に丹念に探る。

隆仁は錬の小さな突起を手のひらでこねて、指先で転がす。

「ん……ふ」

自慰の時に乳首を触る人もいると知って、自分も試してみたことはあるが、別に気持ちいいとは感じなかったので触らなくなった。

それなのに、隆仁に触れられるとぞくぞくとした感覚が背中から首筋まで走り、熱い吐息が漏れるほど感じる。

「やっぱりって、想像してたんですか？　私に触れられるのを」

「やっぱ……気持ちぃ……」

「え、あ……うん、まあ、ちょっとだけ、ね」

オカズにしていたなんてわざわざ言わせなくていいだろうとそっぽを向いてみたが、隆仁は頬を両手で挟んでしっかりと目を合わせてくる。

「想像の中の私は、錬くんにどんなことをしたんでしょう？」

やけに真剣に詰め寄られ、鼻白む。オカズにしたのを怒ったのかと思ったけれど、そういうわけではなさそうで、むしろ――。

「……隆さん、俺の頭ん中の自分に嫉妬《しっと》してる？」

「いえ、そういうわけでは」

「それならいいじゃん。俺が妄想の中の隆さんとどんなことしてようが」

「駄目です。気になります。錬くんの絵も、身体も、心も、すべて私のものにしたい」

ふざけてからかおうとしたのに、欲張りな眼差しが心臓に突き刺さるみたいで一瞬呼吸が止まる。

「い、いろいろ、触ってほしいなって思っただけだから！」

「いろいろとは、どこです？」

「た、隆さんが、触りたいとこでいいよ。……今、ここにいる隆さんに、触られたい」

「錬……」

名前を呼ばれてごくりとつばを飲めば、食いしばった唇に噛み付くようなキスをされる。温かな唇と、微《かす》かに当たる硬い歯の感触に、ぞわっと総毛立つほど興奮する。ぴったりと唇を合わされ、舌を吸われて息さえ奪われるような激しいキスに酸欠になったみたいにくらくらする。

何も考えられずされるがままでいると、腰に枕を当てられて足を広げられる。

「え……これ、ちょっと恥ずかしい……」

股間もお尻の窄まりも丸見えの格好に、一気に正気に返って思わず手で前を隠してしまう。

「錬、隠さないでほしい」

無理矢理引きはがされるより、懇願される方が効果的だ。

恥ずかしくて顔から火を噴きそうだと思いながらも、錬は自分から手を離してさらけ出した。見られているだけで、ずきずきとまた中心に熱が集まり昂ぶってきて焦るが、隆仁はそんな反応も愛おしげに目を細めて見つめる。

「すごい快復力ですね」

もう二回も達したのに、また性懲《しょうこ》りもなく勃ち上がる自分の中心を恨めしく見つめる。

「だって……隆さんが……」

「ええ。私が錬くんに触れたから。私の手で、また触れても？」

「う……」

「錬くんの、どこもかしこも、全部に触れたいんです」

頬をなでるいつもの優しい手が、今はちょっと意地悪に感じる。だけどそんな意地悪な隆仁もほしくって、錬はこっくりと頷いた。

大きく広げさせた錬の足の間に入った隆仁は、太股《ふともも》やお尻をなでながら、自分の性器にコンドームを装着する。

見ているのも気まずいけれど、きれいな手がぬめぬめしたジェルのついたコンドームを器用に扱うのを見ていると興奮してくる。

――あれ、入るかなぁ？

疑問に思うサイズに育って反り返る隆仁の股間に背筋が寒くなるが、隆仁が自分を傷つけることは決してない。

それだけは確信できたので腹をくくった。

「錬……力は入れないで」

「うん……」

覚悟は決めても緊張する錬をあやすように、隆仁はまたローションで丁寧に後ろの窄まりを解す。

指の抜き差しでまた前立腺を刺激されてイきそうになったが、それはやめてと止めた。

「今度は、その……指じゃ、やだ」

「本当に、大丈夫？」

「大丈夫。俺だって……隆さんのこと、好きで……ほしいと思ってる」

「錬……本当に、君を好きになってよかった」

「俺も……んっく……」

ふわっと優しい笑みを浮かべる隆仁に錬も微笑み返すと、隆仁が身体を押しつけてきて、窄まりにぐっとこれまで以上の圧を感じた。

思わず息を止めそうになったが、意識して吐き出す。

こうしないと受け入れられないはず。隆仁をちゃんと自分の中に受け入れたい。

その一心で、深い呼吸を繰り返す。

しかし隆仁は、浅い位置でとどめて軽く腰を揺するだけだ。

「隆、さん……？」

問いかければ、覆い被《かぶ》さっている隆仁は、錬の汗で額に張り付いた髪を梳《す》き頰をなで、軽いキスをしてくれる。

「いいよ、錬。上手だ。そのまま、肩の力も抜けるかな？」

「あ……うん」

まだ力が抜けていなかった。強張った肩を手のひらで優しくなでられ、息を吐くと同時に肩の力も抜く。

「ん……くっ！」

息を吐くと同時にぐっと突き入れられ、思わず息が止まったけれどすぐに吐き出す。いや、吐き出そうとしたけれど、息の吐き方を忘れたみたいに口を開けただけだった。

「あっ……は……」

「錬……一度抜きましょう」

「だめっ！」

苦しげに息をつまらす錬を気遣い、隆仁は身体を引こうとする。そんな隆仁を引き留めたくて腕を伸ばすと、声と共に息を吐けた。

そのままの勢いで隆仁の身体を抱き寄せれば、ぐっと繋《つな》がりが深まったけれど、もう息はできた。

「やだ……やだ、やめ、っの……やだ」

繋がった部分はぴりぴりしているし中の圧迫感はすごいけれど、全部隆仁だと思うと失いたくなかった。

「分かった。やめないから、大丈夫。ずっと、いるから」

ぎゅうぎゅうしがみつく錬の頭をなで、顔中にキスをして、隆仁は右手を互いの間に差し入れ、熱を失ってくったり萎《しお》れていた錬の茎を扱きはじめる。

「あっ、あ……はっ」

緩く上下に扱きながら時折先端を刺激されると、あっという間にまた脈打ち始める自分が恥ずかしくて顔まで熱くなったが、おかげで気が紛れたようだ。

後ろの締め付けが緩み、ゆっくりと腰を揺らす程度しかできなかった隆仁が、腰をうねらせ軽い抜き差しを繰り返す。

「錬、痛い？」

「ん……あ……気持ち、い」

ほんの少しだけれど、腰の奥に疼いた感覚を口に出せば、隆仁がぐっと息をのんだ。

「錬っ！」

「あっ、あ！」

片足を肩に担がれ、一気に奥まで身体を進められた。とっさに息を吐くと、そのまま腰を打ち付ける隆仁の動きに合わせて声が漏れる。

「あ、あ……はぁ、は……は……」

「は……錬、錬……」

耳元では、食いしばるように名前を呼ぶ隆仁の声がする。

ぎしぎしベッドがきしむ音に、自分の声。それに濡れた身体がぶつかる音も聞こえるけれど、それはどこか遠くに感じた。

ただ隆仁の声を聞いて、身体の重みを受けとめて、中までいっぱいに満たしてほしい。

それだけを願って隆仁の背中を抱きしめていた。

「あ、あんっ、あ……ああっ、んうっ、ああっん」

いつの間にか、ゆっくりとなっていた隆仁の腰使いに浅い部分を擦られて、荒かった息が嬌声に変わっていた。

嘘みたいに甘い声をあげている自分に驚く。

「やぁ……何？　あんっ……な、んで？」

「錬、すまない。大丈夫か？」

「う、うん……んんっ、あ……だめっ、だめ、これ……も、もうイク……」

「いいよ。いって」

いいところを擦られ、さらに前も扱かれると、身体中にしびれが走るようで小刻みに震える。

絶頂の前触れを、錬は激しく首を振って拒否する。

「やぁだっ、隆さん、も……一緒じゃなきゃ、も……やだぁ」

また自分だけ達するのは嫌で隆仁を抱き寄せると、隆仁も錬をぎゅっと抱きしめてくれた。

「ああ……錬。私も、もう」

また深く突き入れられて震えると、隆仁も大きく胴震いをする。

じんわりと、繋がった箇所に自分とは違う熱を感じて隆仁が達したのだと分かった。

「ん……隆さん。あっ、あぁんっ、く……」

満足して隆仁の頭をかき抱けば、前を軽く扱かれただけで錬も達してしまった。


繋がりを解かれても身動きが取れず、ベッドにぐったりと横たわるしかできなかった錬の身体を拭き清め、スポーツドリンクを飲ませ、と隆仁はかいがいしく世話を焼いた。

「こんなはずでは……もっと丁寧に、大切に扱うつもりだったのにひどいことを……」

途中で我を忘れて激しい行為をしてしまったことを、隆仁は反省しきってかわいそうなほどだったが、錬はむしろ、そこまで夢中になってくれて嬉しかった。

身体の痛みを、心の充実感が包み込んでくれるほどだ。

「もう大丈夫だから、ホント」

「しかし……」

「いいから、寝て。一緒に寝るのっ」

汚れたシーツも交換してもらい、大きな枕を二人で使って横になる。

「隆さんは、普段可愛いのにベッドでは格好よくなるんだね」

格好よすぎて死ぬかと思ったと微笑めば、隆仁は「ベッドでだけですか」と苦笑いしながらおでこをくっつけてくる。

「錬くんは甘えん坊で可愛くて、とても素敵でした」

「甘えてないし、可愛くないしっ」

ちょっと甘えてしまった気がしなくもないが、可愛くはなかったと思う。からかわれたとむくれて背中を向けると、後ろから抱きしめられる。

「すねたところも可愛いですよ」

「だから……美低音、やめてよ」

それならば、と照れて赤くなっているだろう耳を軽く齧られる。くすぐったさに首をすくめれば髪に頬ずりされる。

けだるさまでも心地よくて、目を細めればそのまま瞼が落ちていく。

「錬くん？　……疲れたんですね。すみません」

錬は寝付きがいいと思っている隆仁は、もう眠ってしまったと思ったようだ。錬の肩までしっかりと布団を掛けて抱きしめてくれる。

「……もう一戦くらいいけるかと思ったんですが……」

眠りに落ちる少し前、恐ろしい言葉を聞いた気がしたけれど、聞かなかったふりで目を閉じた。

◆

日曜日の昼下がり、本当なら錬をケアしつつのんびりと過ごすつもりだったが、予定が狂った。

昼過ぎに、急に恵が弁護士に呼び出されて出かけることになり、その間、春花を預かることになったのだ。

危惧《きぐ》したとおり、錬は立つのが辛いと朝になってもベッドから起き上がれなかった。

だからそのまま午前中はベッドの中でキスしたり触り合ったり、と二人でゆったり過ごした。

昼にはデリバリーで取り寄せた昼食をベッドで食べて少しは回復したようで、錬は床に置いたクッションに座って春花の相手をしていた。

「ごめんね、隆さん……」

「何がです？」

「何って、せっかく二人きりを満喫するはずだったのに、お邪魔虫がぁ」

「君と一緒にいることに変わりはありませんから」

本音を言えば少し残念な気持ちはあったが、春花を可愛がる錬を見るのは悪くない。それに家族想いの錬を好きになったのだから、錬の家族ごと愛せるようにならなければ。

これまで特に赤ん坊に興味を持ったことはなかったが、錬の姪と思うと可愛く感じるのだから、我ながらどれだけ錬のことが好きなんだと呆れる。

今日も元気な春花はソファの座面に摑まり、スクワットするように足の曲げ伸ばしを繰り返していた。

「高速スクワットかな？　すごいね」

オムツで膨らんだお尻がぴょこぴょこ揺れて可愛い。微笑ましく見ていたが、春花は次第に眉間にしわを寄せて座面を叩き出す。

「んーっ、あ！　あっ！」

「何か、怒ってます？」

「えー、何？　ご機嫌だったじゃん！」

錬と二人して、ご機嫌斜めの原因について考える。

春花は前のめりだったのでソファに上りたいのかと思ったが、足をじたばたさせているだけで上には関心がなさそうだ。

「もしかして、あんよがしたいのでは？」

「あんよって……ああ、歩きたいのね。その状態じゃ歩けないだろー」

ソファにつかまり立ちしているのに、そのまま前進しようとしてもソファに阻まれて無理。物理的に足が前に出せない。

しかし本人としては歩いているつもりだったのに少しも前進しないのだから、腹が立ったのだろう。

「そうかー、歩こうとしてたのか。えらいな春」

はいはいだけでも目を離せないのに、歩けるようになればどうなることかと心配だが、錬は春花の成長が嬉しいようでにこにこの笑顔だ。

「デレデレだね、錬叔父《おじ》さん」

「春からすりゃ、俺も隆さんも同じくおじさんなんだよな」

だから年の差なんて気にしなくていいと言いたいのだろう。心遣いに感謝する。

「春はどんな女の子になるのかなぁ。反抗期になったら『叔父さんなんか嫌い！』とか言い出すのかな？　どうしよう！」

まるで言われることが確定しているかのように動揺する、錬の気が早くておっちょこちょいなところも可愛くって笑ってしまう。

「反抗期はあって当たり前ですから、そんなに深刻に考えなくても。その時が来たら、私も微力ながら力を貸しますよ」

「頼もしい！　おじさん連合軍で反抗期を乗り切ろう！」

「あーぅ！」

片手を上げて力強く表明する錬につられて興奮したのか、春花も大きく口を開けてはしゃいだせいでよだれが垂れてきた。

可愛いほっぺが肌荒れしないよう、隆仁は春花の着けているクマちゃんの顔のよだれかけで口元を拭う。

「よだれかけが、すぐべたべたになってしまうね」

「隆さん、今は『スタイ』つーのよ」

「スタイ？　……最近はよだれかけをそんな風に言うんですか」

最近は何でも横文字になってしまうものだ、と感心するとともに疑問が湧く。

「では、ほ乳瓶は何と？」

「えー、それは何だろう？　春、これ、なんてーの？」

得意げにスタイのことを教えてくれた錬だが、ほ乳瓶は何と呼ぶのか知らないようで、春花に助けを求める。

ほんのちょっとした冗談だったのだけれど、錬が鞄から取り出したほ乳瓶を見て、春花の目が爛々《らんらん》と輝く。

「まんま！　まんまんまんまぁー！」

「ああっ、無駄に食欲刺激しちゃった！」

さっき拭ったよだれが、また盛大にあふれ出てくる源泉垂れ流し状態に焦る。

「え？　どうしましょう？　恵さんに連絡を――」

「いや、ミルクくらいあげられるから。――っと」

「錬くん！」

足に力が入らなかったのか、立ち上がり損ねた錬は眉間にしわを寄せる。

錬の代わりに隆仁が素早く立ち上がり、前屈《まえかが》みで錬のおでこにキスをする。

「君は座っていて。私が何とかします。……あの、教えていただければ、ですが」

「えーっと、それじゃあ、ミルク作ってもらえる？　この粉ミルクのパッケージに書いてある通りにすればいいから。俺はその間に、オムツ替えとく」

「なるほど。分かりました」

手渡されたほ乳瓶と粉ミルクのパッケージを手に、キッチンへ向かう。

七十度以上のお湯にキューブ状の粉ミルクを入れて人肌まで冷ます、と簡単そうに書かれていたが、普段まったく調理をしない隆仁には難しく感じた。

それでも、イラスト入りの説明の通りにやればいいはず、と何とか適度にぬるいミルクを作って春花に進呈することができた。

「ん、いい温度。ありがと。はーい、春ちゃんお待たせ」

ほ乳瓶を頰にくっつけて温度を確認する錬から、春花は奪い取る勢いで手を伸ばしてほ乳瓶の乳首に食いつく。

「どうですか？　春花ちゃん」

生まれて初めて作ったミルクをお気に召してもらえるか、固唾をのんで見守る隆仁の前で、春花はうっくんうっくんと勢いよく飲む。

「おー、よい飲みっぷり！」

「よかった……」

たったミルク一杯を作るのにどっと疲れた。こんなことを毎日繰り返している母親というのはすごいと感心する。

何しろ抵抗力の弱い赤ちゃんが飲むものだ。間違いがあったら大変だと緊張した。

しかし、目の前で無心にごくごく飲んでいる春花の顔を見ていると、自然と口元が緩んで疲れも消え失せる。

いつまででも見ていられると思ったのだが、ミルクが残り三センチほどのところで春花の動きが止まった。

大きく見開いていた目は、いつの間にかとろんと緩んで今にも閉じそうだ。

「こら、寝る前に飲み切るんだ！　ほれ、うんしょ、うんしょ」

春花が寝てしまいそうなのに気づいた錬は、呼びかけながらほっぺをつつく。

つつかれると、春花ははっと目を覚ましてひと息吸うが、またすぐ瞼が落ちてくる。本当に一口ごとにつつく、飲む、の繰り返しで見ていてはらはらする。

「あの、無理に飲ませては危険では？」

「大丈夫。げっぷさせてしばらく縦に抱いて様子を見てれば平気。赤ちゃんは飲む、泣く、寝るが仕事なんだから、がんばって飲むのだ！」

ほっぺたをツンツンつついて全部飲ませてから、錬は縦に抱いた春花の背中をとんとん叩いてげっぷをさせる。

「――とまあ、こんな感じで」

「もはやプロですね」

手慣れた見事な手際に感心したが、錬はそれほどでもと謙遜《けんそん》する。

「姉ちゃんの真似《まね》してるだけだけどね」

「それでも、ちゃんとできているのだからお上手です」

目を細めてまるで親子のような二人を見つめる隆仁に、錬はにんまりとした笑みを浮かべて擦《す》り寄る。

「……何か、新婚気分？」

「こういった、子育てには一生縁がないと思っていました。疑似体験でもできてよかった」

ほんの数時間預かった程度では子育ての大変さなど分からない。それでも貴重な経験をできてありがたい。

春花を寝かしつけようとゆらゆら身体を揺らす、優しい眼差しの錬の頬をなでれば、錬はここちよさげに手のひらに頬を擦り寄せる。

互いに見つめ合っているだけなのに、心が満たされる。

穏やかで幸せな時間――と言いたかったが、ミルクを飲み終えると春花は眠気が飛んだのかぐずぐずと顔をしかめて泣きだした。

「どうしたんでしょう？　やはりミルクの作り方が悪かったんでしょうか？」

「いやいや、ちょっとした寝ぐずでしょ。眠いのに眠れなくてぐずってるんだろね」

お腹もいっぱい、お尻もすっきりで何が気に入らないのやら、と錬にも対処法は分からないようなのに焦る。

「寝ぐず、ですか。それはどうしてあげればよいのでしょう？」

「そうだな……隆さん、子守歌弾いて」

「ピアノで、ですか？」

うるさくて余計に眠れないのでは、と不安が過《よ》ぎるが『子守歌』は子供を寝かしつけるための曲のはず。

試してみてもいいだろう、とピアノの前に座る。

ぐずる春花を抱いた錬は、ピアノの横のソファへ腰掛けた。

「ブラームスの子守歌でいいかな？」

「えーっと、お任せで」

赤ちゃんにはどんな曲が喜ばれるのか分からないので昔弾いた覚えがある曲を上げたが、

錬の方はタイトルを聞いてもどんな曲か分からなかったようだ。

曲を聴けば、絶対にどこかで聴いたと思うだろう有名な子守歌を、隆仁は静かにゆっくりとしたテンポで奏でる。

ちらちらと横目で春花が余計に泣き出さないか気にしながら弾いていると、春花は錬の胸に顔を付けてぐずぐずしてはいるが泣いてはいない。

気に入っていただけたものと判断し、もう一度繰り返す。

「あー、この曲知ってる。姉ちゃんが昔もってた、しゃべるぬいぐるみが歌ってた。ラーラー、ラーラー、ニャニャーニャニャーニャって、なー、フクちゃん」

やはり聴けば知っている曲だったのが嬉しかったのか、錬はいつの間にか錬の隣に座っていたフクちゃんにご機嫌で歌いかける。

呼びかけられたフクちゃんはゆったりとしっぽを揺らし、それに興味を惹かれたのか春花はぐずるのも忘れてフクちゃんに手を伸ばす。

「お？　フクちゃんに触りたいか」

「フクちゃんは、赤ちゃんが触っても平気でしょうか？」

フクちゃんを家猫にする際、動物病院で病気の検査を受けてノミ取りシャンプーもしっかりとしてもらったので衛生面での問題はない。人慣れもしていて、これまで誰も噛まれたり引っかかれたりしてはいないが、予測不能な赤ちゃんの行動に驚いて反撃をしてくるかもしれない。

「フクちゃん。春花ちゃんは赤ちゃんだから、お手柔らかにね？」

春花の興味がピアノからフクちゃんに移ったようなので、隆仁は演奏をやめてフクちゃんのすぐ横に膝をつき、フクちゃんが猫パンチでも繰り出したら自分が受けられるよう注意しつつ見守る。

春花が手を触れても、フクちゃんはしっぽを振るのをやめない。むしろ、べしべしと春花の手に自らしっぽを当てにいっている気さえする。

ふかふかの太いしっぽは触り心地がいいようで、しっぽが当たる度に春花はほにゃーっと可愛らしく微笑む。

「なんなん」

「惜しい！　にゃんにゃんだよー。フクちゃんはにゃんにゃん」

「なーん……なぁ」

まだ上手くしゃべれない、舌っ足らずな言葉が可愛いなと目を細めて見つめていると、錬もふふっと笑う。

「あー、これは寝るな」

しばらく前のめりでフクちゃんを構っていた春花のお腹を支えていた手に、ずっしりとした重さを感じたので、もう寝るはずだという。

錬の言葉に春花の顔をのぞき込むと、確かにほとんど目を閉じて惰性で手を動かしてフクちゃんに触れているようだ。

「……ほとんど寝てます」

「だね」

落っこちないようしっかり春花を抱き直した錬は、可愛い寝顔に目を細めながらとんとんと背中を叩いて寝かしつける。

隆仁もサポートを、ともう一度ピアノに向かって演奏をはじめた。

「……どうですか？　……錬くん？」

一曲終えて確認してみると、春花はすっかり夢の中で——ついでに錬とフクちゃんも一緒に寝落ちしていた。

風邪を引かないように毛布を掛け、眠る二人と一匹を眺める。

寝ていると二人は本当によく似ていて、錬の赤ん坊の頃を見ている気分になれた。

こんなにゆったりした気持ちになったのは、いつ以来だろう。

隆仁の家庭も家族仲は悪くはなかったけれど、父親も母親も仕事だボランティア活動だと忙しく、のんびりと家族団らんの時を過ごした記憶はない。

もはや自分には縁がないだろうと諦めていた団らんの一時を持てた幸せを噛みしめていると、ノックの後に扉が開き「お邪魔します」と合鍵を使って恵が入ってきた。

「あ……シーッ」

「え？　……ああ、寝ちゃってる」

思わず口元に人差し指を当てて「静かに」のジェスチャーをする隆仁に、恵は一瞬驚いてからソファで眠る二人に気づいて破顔した。

二人から少し離れ、隆仁と恵は庭に面した窓際のソファに腰掛ける。

「お世話をおかけしました。春はいい子にしてましたか？」

「ええ。ご覧の通りです。……そちらは、何か進展があったんですか？」

春花と錬が安らいで眠っている姿に頬をゆるめはしたが、恵の顔には隠しきれない陰りがある。

弁護士から何かよくない話を聞いたのだろうと水を向ければ、恵はぽろっと一粒涙をこぼし、慌てて手で拭った。

「恵さん？」

「……ごめんなさい。ここはこんなに平和なのに……。春が、みんなが、こんな風に穏やかに暮らせたらって……そんなことしか願ってないのに、どうして、上手くいかないんだろう」

泣いている場合ではない、とばかりに恵は唇を引き結びぎゅっと強く拳《こぶし》を握りしめる。

強い意思で困難を乗り切ろうとする恵の姿は、強がりな錬と似ていてとても放ってはおけない。

その手に、隆仁はそっと自分の手をかさねる。

「話してください。必ずお力になりますから」

「錬だけじゃなく、錬の彼氏にまで迷惑をかけて……本当に申し訳なくて」

これ以上の迷惑はかけられない、と遠慮する恵の気持ちも分かるが、錬に起こる問題は隆仁の問題でもある。

「こういったトラブルでは、錬くんより私の方がお役に立てると思います」

錬に話せば、どのみち隆仁にも話は伝わる。それならさっさと今話した方が話は早いと促す。

どう話せばいいのか頭の中で整理しているのか、恵は何度か頷いた後、今日の出来事を話し出した。

「弁護士さんを通じて、圭司さんに離婚したいと伝えていただいていたんですが……自分に非はないから、離婚するなら春花の親権は渡さないって……。春花を愛してるわけじゃないくせに、そう言えば私が戻ってくると思ってるんです」

「親権は、たいていの場合は母親が取れるものなのでは？」

「私もそう思ってたんですけど……」

双方が離婚に同意しなければ家庭裁判所での離婚訴訟となるが、そうなればほぼ母親が親権を取れると聞く。

だから恵もそれほど案ずることはないと思っていたのだが、母親が親権を取れないケースもあると弁護士から聞かされたのだそうだ。

「私は無職で、収入がないです。それに育児を手伝ってくれる母親もいません。父親も……頼れる状態ではないですし」

専業主婦だった恵は、無職で蓄えも少ない。親はいないが弟の援助を受けると主張しても、その弟も『画家』という収入の安定しない仕事だ。

その辺りを圭司が裁判所に訴えれば危ういそうだ。

「なるほど。……経済的な不安の解消なら、お手伝いできそうです」

「どこか求人している会社をご存知なんですか？」

「はい。今度、履歴書をお預かりして――」

「それなら、今もってます」

弁護士事務所へもっていく書類をまとめたファイルの中に入れているので、と恵は記入済みの履歴書を取り出す。

離婚問題が片付いたら、すぐにも働こうと用意していたのだろう。

用意のよさと就労意欲に感心し、受け取った履歴書を見てさらに感心させられる。

「……いろいろと資格をお持ちですね」

「大学には行けないので、せめて資格くらいはと思いまして」

恵は高校在学中に『実用英語技能検定二級』『日本商工会議所簿記検定二級』『秘書技能検

定三級』を取得していたが、どれも就職に有利とされる資格ばかりで無駄がない。

「これなら、文句なく推薦できます」

「本当ですか？　よろしくお願いします。……あ、でも……春花を預かってくれる託児所が見つかるかしら」

働くなら春花はどこかに預けなければならないが、この辺りの託児所事情はまだ調べていなかった、と恵は不安げに眉をひそめる。

在宅仕事の錬に任せようとはしない、思い遣りのある判断に、ますます恵の就活は上手くいくだろうと確信する。

「企業内保育所のある会社をご紹介しますので、その点はご心配なく。それから、ご主人の名前とお勤め先も教えていただけますか？」

「え？　ああ、はい」

夫の会社を知ってどうするのか、といぶかしげだったが隠すものでもないと思ったのだろう。恵は持ち出していた圭司の名刺を渡してくれた。

その業種を見て、ふっと名案が頭に浮かぶ。

「ほう、貿易会社ですか。……ご主人は語学がご堪能《たんのう》で？」

「はい。英語と中国語をビジネスで通用する程度に話せるそうです」

「それは実に好都合です」

思いついた案を実行するのにまたとない条件に、ほくそ笑んでしまう。

「あの？」

「この件は、私に一任していただけませんか？　決して悪いようにはいたしません」

「でも……」

「あなたが春花ちゃんとの平和な暮らしを望まれるように、私も錬くんの平穏を守りたいんです」

大事な姉と姪が不幸せでは、どれだけ幸せにしても錬は心から喜んではくれないだろう。

錬が何の憂いもなく笑えるように、できることは何でもしたい。

「それは……とてもありがたいですが、錬は子供じゃありません。過剰に守られるのは嫌うと思います」

さすがは母親代わりだっただけあって、恵は錬をよく理解している。

過酷な境遇でも愛されて育ったからあんなに伸びやかなのだろう、と眠る錬の方を見やれば自然と口元がほころぶ。

「子供扱いをするつもりはありません。ただ、愛しているから幸せにしたいんです」

「……これは確かに『いい男っぽい』じゃなく『確実にいい男』だわ」

「はい？」

横を向いた恵が何やらぼそりと呟いたので訊き返したが、「何でもないです」と笑顔でごまかされた。

「早速ですが明日、面接をおこないましょう。迎えをやりますので、春花ちゃんも一緒にお越しください。託児施設がございますのでご安心を」

「あの、待ってください！　どういった職種かくらい教えていただかないと、対策が立てられません」

職種も分からず面接を受けろと言われても困るのは当然だ。

気が急《せ》いて説明不足だったと反省する。

「職種は不動産業ですが、恵さんには秘書として私の下で働いていただきたいんです」

「え？　秘書、って？」

「以前は二人秘書がいたのですが、一人が……まあ退職しまして。現在は一人で仕事を取り仕切ってもらっているので、彼女の補佐をしてくださる方がほしかったんです」

現在の秘書の美登利は、一緒に秘書として働いていた田川《たがわ》が去ってから一人で業務をこなしていた。負担が増えて大変だろうと補佐をつけようとしたのだが、厳しい美登利のお眼鏡《めがね》に適《かな》う人はいなかった。

しかし恵は勉強家で努力家だ。美登利に認められる可能性は高い。

秘書技能検定は三級だが、仕事をしながら試験を受けて一級を取得することは可能だ。難易度の高い簿記検定二級を高校生で取得した恵にならできるだろう。

「大変な仕事になるとは思いますが、親子二人が十分暮らせる給料が確保できるかと」

「待って、隆さんの秘書って……そもそも隆さんって、何者？」

『ギャラリーオーナー』兼『会社員』としか聞いていない！　と狼狽《うろた》える恵に、そういえば錬に自分の仕事や身元について詳しく話したことはなかったと思い当たる。

錬は隆仁の肩書きを知らず、目の前の自分だけを見て好きになってくれたのだと、今更ながらに感謝してしまう。

取り立てて隠したつもりはないが、地位や金に群がる人々に辟易《へきえき》させられてきたせいで、自分の身元は極力知られないように生活するのが癖になっていた。

別にわざわざ言うことでもないと思っていたが、恵を助けるためには自分の地位と権力を使うことになるから、知られてしまう。

——でも、きっと錬くんは何も変わらないんでしょうね。

権威を振りかざすような真似はしたくなかったけれど、それで錬と錬の大切な人を守れるのなら、思う存分振りかざしてやろうと決意した。

◆

「バツイチって、何か清々《すがすが》しいわねー」

圭司との離婚が成立し、春花の親権も手に入れて再び社会人として働き出した恵は活き活きとしている。

ママが元気だと春花もご機嫌なようで、ますますぷっくらになったほっぺたが愛おしい。抱っこした恵がとんとんと揺らす度にほっぺがぷるぷるして、美味しそうなほどだ。

「錬くん。せっかく恵さんの離婚成立のお祝いパーティーなんですから、機嫌を直して?」

隆仁は何でもお好きな曲を弾きますから、なんてご機嫌を取ってくる。

テーブルの上には、錬の好物の鶏の唐揚げにチキンカツ、手まり寿司に何とかのテリーヌだのレンゲにのった一口大のポワレだの、よく分からないけど美味しそうな料理が並んでいる。

まだアルコールを控えている恵がいるためお酒はないが、生搾《なましぼ》りのブラッドオレンジやアップルジュースに炭酸水といろいろ贅沢《ぜいたく》に取りそろえられていた。

けれども錬は、窓辺のソファでフクちゃんを抱いて一人でむくれていた。

「俺をのけ者にして二人で話を進めちゃってさー。ひどいよねー、フクちゃん」

恵の離婚が成立したのはめでたい。けれど、その経緯を錬は何も知らされなかったことがショックだったのだ。

「あー、でもね、最初に隆さんから秘書の話を持ちかけられたとき、錬も同じ部屋にいたじゃない」

「それって、俺が寝てた時のことだよね?」

恵が弁護士に呼び出されて春花を預かった日。前日に隆仁と初めて愛し合って疲れ切っていた錬は、春花と一緒に寝入ってしまった。

――それだって、隆さんが前日に疲れさせたせいだし。

起きたら隆仁と恵が話し込んでいて「上手く解決できそう」なんて言うから、てっきり弁護士さんとの話し合いが上手くいったのだと単純に思っていた。

なのに実際のところは、会社社長の隆仁が恵を自分の会社の従業員にして、さらに裏から手を回して圭司が離婚を承諾するよう仕向けていたなんて。

「俺、何にも聞いてないーっ」

隆仁が大きな会社の社長だということも、恵のために尽力してくれたことも、何一つ知らなかった。

しかし隆仁は自分が社長ということを、錬に隠していなかったと思い当たる。

以前に美登利がここに隆仁のことを迎えに来た際、ごく普通に「社長」と呼んでいた。ただ隆仁の態度に偉ぶったところがひとつもないから、美登利が冗談で社長と呼んだだけだと勝手に思い込んでしまったのだ。

だがそれでも、恵の離婚問題の解決に尽力してくれたことはきちんと話してほしかった。

「君には、作品に集中してほしかったんです」

戦力外通告を食らった気分で恨みがましくじっとりと睨み付ける錬に、隆仁は優しく言い聞かせるように言う。

おかげさまでこの一ヵ月ほど、毎日絵を描くだけの日々で隆仁の水族館の絵を完成させることができた。後はじっくりと乾くのを待つばかり。

それは本当にありがたいし、煩《わずら》わせたくなかったという思い遣りも嬉しい。

だけどそう分かっていても、のけ者にされたみたいで悲しかったし、隆仁が忙しくなってろくにデートする時間もなくて寂しかった。

「……もう、他に何も俺に隠してることない？」

「ええ。……あ……」

「あ、って何？」

隠し事はないと言ってもらえると思ったのに、まさかの「まだ何か隠してる」感ありありの隆仁に、絶望しそうになる。

「何隠してんの！」

「……それは、後で私の家に来ていただければ。そこですべてお教えします」

「え？　隆さんちに行っていいの？」

これまでずっと入れてくれなかった隆仁の家。秘密のベールの最奥ともいえる場所に招待してくれるということは、本当にそれで隠し事はないということだろう。

これまでの暗雲がすべて一気にぱーっと吹き飛ばされて、台風一過の青空みたいに気持ちが晴れ渡る。

単純な自分に呆れそうだが、めでたい場でいつまでもふくれっ面をしているのも悪い。

「これまでの経緯も、ちゃんと全部話してよね」

一癖も二癖もありそうな圭司が、素直に離婚に応じた理由が知りたかった。

自分の就活で手一杯だった恵も詳しくは聞かされていなかったそうで、錬と一緒にピアノの横のソファに座り、ピアノの椅子に座った隆仁の語りに耳を傾ける。

「圭司さんを、私の叔父が進めている海外でのプロジェクトに引き抜いてもらったんです」

隆仁の叔父の佐藤徳治《さとうとくじ》は、主に海外で事業を手がける『佐藤カンパニー』の社長の一人娘と結婚して婿養子となっていた。

最近は、人件費が安くすむ東南アジアの国に魚の養殖場と加工のための工場を作るというプロジェクトに取り組んでいて、それに隆仁も協力をしていたので人事に口を出すことができたのだ。

貿易会社に勤めている圭司は、英語だけでなく中国語も堪能だというところに目をつけた。

現地では現在、中国企業が道路整備事業などのインフラ整備を担っている。

そこで、その中国企業と連携する中国語の堪能な優秀な人材を捜している、と圭司が通っているビジネスセミナーに情報を流した。

さらにセミナー講師から『中国企業との橋渡し役となるリーダーは、なかなか日本に帰れないから独身者が選ばれる。君が独身だったら推薦できたんだけどね』とそそのかしてもらったところ、効果はてきめんだったという。

「……で、離婚して身軽になった、と。あの人らしいわ」

「クズ過ぎて何も言えない……」

出世のために圭司はあっさりと家族を捨て、こちらの条件をすべて飲む形で円満離婚となったのだ。

もめ事が解決してめでたい事態なのに、気持ちがもやもやしてすっきりしない。

「結局は、あいつが出世したってことじゃないの？」

「離婚の条件として春花ちゃんの養育費は給料から天引きすることにしたので、稼いでいただかないと困るでしょう？」

「まあ、あんな人でも春花にとっては父親だし……どこか遠くの空の下で稼いでくれればそれでいいわ」

「そうか……春にとっては……これでよかったんだね」

すべては春花の幸せを最優先に考えた結果のこと。

感情的にならず、本当に大切な者のために考えられた隆仁の計画を認めざるを得ない。

それに、隆仁は出世はしたが楽ではないはずという。

「叔父は基本、施設の整ったリゾート地にある事務所におりますが、社員は現場となるまだインフラが整っていない地域で暮らすことになりますので、圭司さんは当分苦労なさると思いますよ」

圭司の赴任先は、都市部から未舗装の道を車で二時間。さらに電気は通っているがしょっちゅう停電、お湯は出なくてシャワーも水だけ、という過酷な職場だと聞いて少しだけ溜飲が下がった。

「いろいろとありがとね、隆さん」

「お役に立てたのなら嬉しいです」

「これからは、私が社長のお役に立ちます！　って言えるようにがんばります」

恵は現在、美登利から「このままでは使い物になりません」と『秘書補佐見習い』という立場でビシバシ鍛えられていて、まだまだ隆仁の元で働くことはできそうにない。

「それでも、あの山下さんから『見込みはあります』との言葉をもらえただけで上出来ですよ」

「春は、上手にあんよができるようにがんばりまーす！　かな？」

「あ、春！　フクちゃんのしっぽ引っ張っちゃ駄目よ！」

まだ上手に歩けないので、はいはいでフクちゃんの後を追いかけていく春花を、恵が追いかける。

ゆっくりとだけれど確実に、みんなが前に進んでいる。

その道を開いてくれた隆仁に、どこまでもついて行きたいと思った。

◆

和やかに食事を楽しみ、隆仁のピアノの演奏に耳を傾け、幸せな家族の時間はあっという間に過ぎ去った。

遅くなったので恵と春花はギャラリーに泊まってもらうことにし、錬は約束通り隆仁の家に招待された。

タクシーで着いた先は、見上げるほどに高い、いわゆるタワーマンションだった。

ぽかーんと見上げている間にエスコートされた先は、居住区内の最上階フロア。

ガラス張りのエレベーターを降りて大理石の廊下を進み、たどり着いた大きな黒い扉を隆仁は指紋認証で開ける。

「どうぞ」

「はあ……え？　ちょっと待って」

ここだけで錬の寝室くらいはある玄関に足を踏み入れると、これまた大理石の床に黒い作り付けの棚があり、その棚の上の壁には、錬の描いた桜のスケッチが上品な金色の額に入れられ飾られていた。

「こんなおしゃれ空間に、こんなスケッチ飾っちゃう?」

お気に入りの絵ではあったが、本当にざっくりと描いたスケッチだ。こんな高級マンションの顔とも言える玄関に飾るにふさわしい作品とは思えない。

けれど隆仁は「いいでしょう?」と満足げに微笑む。

「私の宝物です。一番の宝物は、君ですが」

「何それ、やめて」

いつもながらのイケメン語録に照れる錬に構わず、隆仁はさらに褒めそやしてくる。

「華やかで元気になれるいい絵です」

「元気になれる?」

「はい。朝この絵を見て出かけ、帰ればこの絵に迎えられるのが幸せで」

今も、本当に幸せそうに微笑む隆仁に、胸がきゅんきゅんと音を立てるほど嬉しくなって、錬の口元も緩む。

「初めて会った時……この絵を渡したのは、隆さんの笑顔が見たかったからなんだよね」

「え? そうなんですか?」

「うん。リストラがどうとか独り言言ってたから、元気になってくれたらいいなって」

「錬くん……」

「隆さん?」

何故だかぎゅうっと抱きしめられ、困惑しつつも隆仁の背中に手を回してそっと抱きしめ返す。

「あの日から、ずっとこの絵と君に元気づけられてきました。あの日、君に出会えて本当によかった」

「隆さん、大げさ」

「本当です。あの日からずっと、君に夢中です」

お互い笑い合いながら、肩を抱かれてリビングに通された瞬間、錬の顔から笑顔は消えて目を見開いて立ち止まる。

「あの……隆さん？　これ……」

白いリビングの壁には何枚かの絵が飾られているが、それらはすべて錬の作品だった。

ヒマラヤユキノシタのパステル画は隆仁に売ったからここにあっても不思議はないけれど、清流の絵や湖の絵、小次郎の猫のナナちゃんの絵は、全部別の人が買ってくれたはずなのに、ここに並んでいるなんて。

まるで個展状態の空間に、頭が混乱する。

「この絵って……全部、買ったの隆さんだったの？」

「はい。どうしても手に入れたくて、でも全部買い占めるなんて、引かれはしないかと思ったものですから」

実際に、今ドン引きしている錬を見て、隆仁はやっぱり人を使って買ってよかったなんて微笑む。

錬をこれまで家に呼ばなかったのは、この自宅ギャラリーを見られたくなかったからかと納得がいった。

「でも、なんでこんなこと……」

「君のことが好きすぎて、だけど到底受け入れてはもらえないだろうから、せめて絵だけでも独り占めできたらと」

「あーっ、その言い方はずるいー」

愛していたから独占したかったなんて、重いけれども好きな人から言われればやっぱり嬉しい。

しかしこの先、何を描いても隆仁のものにされてしまうのではあまりに張り合いがない。もっと他の人にも見てもらいたい。

「あのさ……俺の独り占めはしていいけど、絵の独り占めはやめてもらえる？」

「え？　それは……私にとって『錬くんと錬くんの絵』は一揃《ひとそろ》いで、どちらも愛しているんです」

それはつまり、丸ごと全部ほしいということ。恋人としてはそれだけ求められれば嬉しくもあるけれど、画家としては困る。

「んじゃあ、『俺』か『俺の絵』かの二択だったら、どっち取る？」

「それは錬くん本人です！」

即答されてほっとする。即答して当然の質問だったが、この自宅で個展状態を見た今では少し不安だったのだ。

「それじゃあ、俺は丸ごとあげるから、絵は……そうだな、二枚に一枚か、三枚に一枚とかにして、ちょっとは市場に出して？」

「他の誰かに錬くんの絵を渡せと？」

「本人はここにいるから、もっとこっち見て！」

まるで自分の絵に嫉妬しているみたいで変だと思うが、絵よりも自分を見てほしい。

隆仁の頬を両手で挟んで正面から見つめ合えば、隆仁は錬の手にそっと自分の手をかさねる。

「すみません。……自分がこんなに独占欲が強くて執着心が強いとは、思ってもみませんでした」

「ホントに？　結構執着心すごいよ？」

「本当です。ピアノも、婚約者も……これまで簡単に諦めてしまった自分が嘘のように、君だけは諦めたくなくて、必死でした」

「俺だけ、特別？」

「ええ。君だけです」

優しい笑みを向けられ、頬から髪、首筋に唇、と長く美しい指でなでられてうっとりとなる。

肩を抱かれ、音を立てて軽いキスをしながら連れて行かれた先は、ベッドルーム。

そこには『皇帝ダリア』の絵が飾られていた。

「ホントに隆さん……俺の絵、好きなんだ」

ここまでされると、もう諦めの境地に至る。丸ごと全部愛される喜びに浸るのが正しく思えた。

「錬くんは、全部すべて、私のものにしたいんです」

「俺も、隆さんと一緒にいたい。ずーっとね」

「心臓が止まりそうなほど可愛いことを言わないでください」

大げさに胸を押さえる隆仁の手に、軽く腰をかがめてキスをすれば、抱き寄せられて少し不安げな目で見つめられる。

「あの……私の方も念のため確認しておきたいのですが、錬くんは私の『手』だけを好きなわけではないですよね？」

「あはっ、違う違う。手も好きだけど、隆さんの丸ごと全部が好きだよ」

手の美しさは付き合おうと思ったきっかけの一つではあるけれど、それは隆仁の魅力のほんの一部に過ぎない。

「ピアノが上手くて、優しくて可愛くて……意外と独占欲が強いとこも好き」

「錬……」

ギャラリーにあるより大きなベッドに押し倒されると、ふわんと身体がバウンドして楽しくなる。

「すごいベッドー！　いいな、これ」

「ええ。ぜひ寝心地を試してください」

言いながら、錬に跨《また》がった隆仁は性急に自分のシャツのボタンを外していく。

だから錬も、慌ててトレーナーを脱ぎ捨て、シャツのボタンを外す。

「錬くん」

先に脱ぎ終えた隆仁が、もどかしげに錬のシャツをはぎ取り、平らな胸に手を這わせる。

直接肌に触れられるとしっとりとなじむ手のひらに、自分が汗ばんでいることに気づいて動きを止める。

「ちょっと待って！　その、えっと……風呂、入りたいかなって」

起き上がろうとしたが、隆仁は手のひらを押しつけて錬が身体を起こそうとするのを阻止してベッドへと横たえる。

「隆さん？」

「全部、くれるんでしょう？　錬くんを丸ごといただきたいです」

覆い被さり錬の首筋に顔を埋《うず》めた隆仁は、汗の味を確かめるように丹念に舌を這わし、軽く歯を立ててくる。

「ええっ、ちょっと」

「うん……錬くんの味です」

狼狽える錬に構わず、隆仁はぺろりと舌で唇を舐めて目を細める。

これまでずっと、風呂に入って準備してからだったので、そのままの錬を味わえなかったのが不満だったようだ。

すべて味わい尽くしたい、と胸の小さな突起にも吸い付いてくる。

「んっ、あ！　……隆さん」

軽く肩を押して止めようとすれば、硬くなってきた突起に歯を立てられ、痛くはないが背筋がぞくっとして身がすくむ。

歯を立てた後は、お詫びのように優しく吸い付かれ、舌で突起を転がされるとどんどん身体が熱を帯びてくる。

額にはじんわりと汗が浮かび、熱に浮かされた頭はもう汗なんて気にしなくていいか、と観念する。

錬もされるばかりでなく応えたくて、右胸の後は左胸と丹念に愛撫する隆仁の髪を梳き、自分からズボンのボタンを外す。

そんな錬の動きを察した隆仁は、いったん身を起こして錬のズボンをはぎ取った。

そのまま錬の足を広げ、前のめりになった隆仁は、すでに勃ち上がりかけている錬の敏感な先端部分をちろりと舐めた。

「ええっ？　隆さん？　あっ」

身体を起こした錬は、隆仁の肩を摑んで引きはがそうとしたが、逆に中心を深く銜《くわ》え込まれて首をのけぞらす。

隆仁は口をすぼめて吸い付き、喉の奥で先端を締め付ける。

「あっ、く……ちょっ、それは……あっ、やだぁっ」

口を使った愛撫もあると知ってはいたけれど、これまでされたことはなかった。熱くてぬめった粘膜が絡みつく、味わったことがない感覚に腰が震える。

「錬くん……やはり、いや、ですか？」

「う……いやって、いうか……は、恥ずかしい、かな」

口内から解放はしても、ちろちろと先端を舐めながら見上げてくる隆仁の少し切なげな表情に、ぞわっと総毛立つほどの色気を感じた。

隆仁は口淫《こういん》をしてみたかったが嫌がられるのでは、とこれまで我慢をしていたようだ。

口での愛撫にはたしかに抵抗はあるが――気持ちいい。

「張りがあって、反発力があって……素晴らしいですね」

うっとりとした声で称賛しつつ、隆仁はさっきの刺激でさらに角度がついて脈打ち始めた錬のものを、長い指で根元から先端までなで上げる。

その優美な手つきに魅了され、生唾《なまつば》を飲む。

身体への刺激に視覚への刺激、と二つが相まって、一気にぐっと股間に熱が集まるみたいな感覚に襲われ、すうっと頭の熱は引いていくようで、くらくらする。

「な、に……変なこと言ってんの」

顔を見られているのも恥ずかしくて隆仁から顔を背ければ、隆仁はふっと笑う。

「恥ずかしがる錬くんも、可愛いですね」

「は？　可愛くないし！　隆さんの悪趣味！」

「趣味のよさには自信があるんですが」

顔を上げた隆仁の視線を追えば、そこには自分が描いた皇帝ダリアの絵。

「全部、すべて、私のものです」

ふわりと笑う隆仁のいつもの優しい笑みに、背筋に寒気が走る。

だけどその悪寒は嫌なものではなくて、逆に体温を上げていく。

「うん。全部……隆さんのものに、なりたい」

「錬……」

錬の答えに、花がほころんだみたいに眩しい笑みを浮かべ、隆仁は再び熱く滾った錬の中心を口に含む。

「あ……くっ……ふぅ」

先端は口に含んだまま、指で裏筋をなで、手のひらで包み込んで擦り、隆仁は大きな手を駆使して奉仕してくれる。

そのたびにじわじわと蜜を垂らす自分が恥ずかしいけれど、目が離せない。上体を軽く起こして、じっと隆仁の行為を見つめる。

視線を上げた隆仁と目が合うと、隆仁は自分の唾液と錬の先走りでぬめぬめした指を、見せつけるように擦り合わせる。

「これを、錬くんの中に入れても？」

「……うん」

聞かなくってもいいことを、わざわざ聞いてくる。少し意地悪な声が格好よく聞こえてドクンと心臓が跳ねる。

落ち着こうとベッドに背中を預けて深く息を吐けば、そのタイミングでぐっと中に指を突き入れられた。

「あっ！　は……」

「ごめん。痛かったかな？」

「……ん、ううん」

びっくりしただけだと答えたかったが、息をするだけで精一杯でろくに声が出なかった。

とにかく大丈夫と伝えたくて口角を上げて隆仁を見つめれば、隆仁も目を細めて見つめ返してくれる。

そのまま錬の表情を窺《うかが》いながら、隆仁はゆっくりと指の抜き差しを開始した。中指だけでなく人差し指も入るようになると、二本の指で中を擦られる。

そうして、また錬の快楽を引き出す場所を、あっという間に探り当てた。

「ひっ、あ！　……だからっ、そこ……そこはっ」

「ええ、気持ちいいんですよね？　ここも、こんなになって……」

しばらく放置されていたくせに角度を保ったままの前を、やんわりと握られ先端をくすぐられると、あふれるようにとくとくと蜜が漏れ出る。

だけど達したわけではなくて、腰の奥から疼くみたいに熱は高まっていくばかりだ。

自分の身体を持てあまし、シーツを蹴《け》って身もだえてしまう。

いいところを散々に刺激され、内側からと外側からの刺激が相まって、その辺りが熱で溶けているかのような錯覚に翻弄され、涙が浮かぶ。

それに気づいたのか、隆仁は錬の目元に舌を這わせ、涙を舐めとる。

「たか、隆さんっ、も、イク……イッちゃうっ、あっ……んっ」

「可愛いですね……錬」

「ああっ、くっ」

耳元に唇を寄せた隆仁に、だめ押しのように美低音で囁かれ、弾《はじ》けるように達した。

「はあ……」

せわしく上下する胸元にまで達した白濁した蜜を、隆仁は指先でたどり、目を細める。

「ああ、こんなところまで。……やはり勢いがあっていいですね」

「も、やだぁ。隆さんのバカ……」

隆仁から顔を背けて大きく息を吐けば、全身の力が抜けて身体も意識も重く感じて、シーツにめり込む気分になる。

そんな錬に覆い被さり、隆仁は錬のおでこに汗で張りついた髪を梳き、視線を合わせてくる。

「気持ちよかったですか?」

「……あそこは、我慢できないって言ったよね?」

「すみません。錬くんが可愛すぎて、私も我慢できなくなったんです」

鼻をぐずぐず鳴らしながら抗議する錬の、目元から頬から唇から、そこら中にキスしながら隆仁はご機嫌を取ってくる。

キスも肩や首筋をなでる手も心地よいけれど、錬はわざとらしく眉間にしわを寄せる。

「錬くん?」

「俺ばっかり気持ちよくしてもらうの……嫌なんだけど」

「君ばかりではないよ」

自分も隆仁を気持ちよくさせたいと思ったが、ぐいっと太股辺りに押しつけられたものの硬さに安心する。

「いつだって、君に触れるだけでこうなってます」

「それは嬉しいけど……俺だって、もっと隆さんのこと気持ちよくしたい」

好きだから、気持ちいいことをしてもらえるのは嬉しいけれど、同じものを返せないのがもどかしくって嫌なのだ。

いつも自分ばかり二度も三度もイかされて、対等ではないと感じていた。

不満をあらわにする錬に、隆仁は苦笑いを浮かべつつおでこをくっつけてくる。

「それなら、今日は錬くんが動いてみる?」

「え?」

「来て」

腕を引かれて起き上がらされ、向かい合って座ると、隆仁はおいでと手を広げる。

「あの、これは、つまり……?」

「この体勢で、乗っかってください」

これはいわゆる、対面座位というやつだろう。話に聞いたことはあるが、したことなんてなくて、上手くできるか不安だ。

けれど、初めての挑戦にちょっとわくわくもする。

自分でコンドームを着けようとする隆仁からそれを奪い取り、錬が装着させた。

「はーい、上手に着けられました」

「ええ。ありがとうございます」

緊張を解すのにわざと陽気におどければ隆仁も笑ってくれて、二人して見つめ合いながら笑う。

息を吐いてリラックスし、向き合って隆仁に跨がった状態で、隆仁の肩に手を置いて自分から腰を落とす。

「そのまま……ゆっくり」

「んっあ……はぁ……きつ……」

隆仁が腰を支えながらサポートしてくれたから入ったことは入ったが、そこから動けなくなる。

自重でぐっと奥まで入った隆仁のものの存在を強く感じるのは嬉しいけれど、繋がった部分は熱いくらいじんじんしているし、内臓が押し上げられるような感覚に息まで苦しい。

「んっく……隆さ……ん……っ」

「錬……力を抜いて。大丈夫だから」

頬に唇に、軽いキスを繰り返してゆるゆると腰を揺らす隆仁の優しい愛撫に肩の力が抜けて、ふっと身体が持ち上がった。

その瞬間、大きく息を吸えばさらに無駄な力が抜ける。

「はぁ……あ……あっ、あ」

軽く腰を浮かせられるようになると、隆仁の肩にぎゅっと摑まり自分の気持ちがいい場所を探る。

隆仁の張り出したカリを窄まりに引っかけるようにして浅い部分で抜き差しすれば、背中がぞくぞくするほど気持ちいい。

何度も繰り返し味わってしまう。

「んう……あぁ……んっ」

「錬くん……ここ、気持ちいいんですね」

息が荒くなり、鼻にかかった声を漏らす錬を見て隆仁は満足げに微笑むけれど、これではきっと隆仁はそんなに気持ちよくないはず。

そう思ったら、身体は昂ぶっても気持ちは萎える。

もっと奥で――隆仁を気持ちよくしたい。

息を吐きながらゆっくりと腰を落とせば、また内臓が押し上げられるみたいで息も浅くなる。それでも隆仁を自分の中にしっかり銜え込んでいると思うと、苦しみもかき消えるほど興奮する。

隆仁の髪をなで、頰をなでて視線を合わす。

「隆、さん……気持ちいい？」

「ええ。すごく……錬くんを……錬くんの愛を感じますよ」

眉根を寄せて目を細める隆仁は、錬が自分より隆仁をよくしようとしていると気づいたのだろう。

ぐっと両手で腰を摑まれてお尻を浮かされる。

「あっ！」

「錬くんは、ここがいいのでは？」

「あっ、あんっ……やぁっ、そこ……あっ、あっ、んっく」

持ち上げても抜かず、ぎりぎりでとどめてまたゆっくりと今度は下から突き上げてくる。

無理なくお互いが気持ちいい場所を探る隆仁の意図に気づいた錬も、ゆっくり腰を揺らして自分から内側のいい場所を擦る。

「あっ、ここ、ここ、気持ちいい……いいっ、んっ」

浅い部分を堪能すれば、次は深く腰を下ろして隆仁を飲み込む。浅く深く繰り返すうちに、擦れ合う部分からくちゅくちゅと濡れた音が漏れて、自分がもう達してしまったのかと思うほど蜜を垂らしていたことに気づく。

「はあ……は……隆、さん……隆さんのっ、気持ちい……んっ」

「錬……」

浅い息を繰り返して乾いた唇をぺろりと舐めれば、その舌に食いつく勢いでキスをされる。舌を絡め合い、互いの息を感じながらむさぼるキスは、酸素より愛情を体内にもたらす。身体だけでなく心まで満たされて、隆仁のすべてを手に入れた気分に恍惚となる。

「ああっ、隆さん……全部、っく……全部？」

「ええ……私の、すべては錬のものです」

もうこれ以上ないほど満たされた気分だけれど、まだ足りない。もっと欲しいとねだる錬に、隆仁は目を細めて応える。

「う、ん……んーっ」

繋がったまま腰を揺らされ、また前も扱かれてイかされそうになった錬は、片手で隆仁の手を押さえて止めた。

「やだ、やだぁっ、て……また、俺、ばっかりぃ」

「今度は、私も……一緒に。ですから、ね？」

優しくあやされて、きゅんと胸が疼いたが、隆仁の首筋にしっかりと抱き付いて歯を食いしばって必死で絶頂を堪えた。

自分だって、隆仁と一緒がいい。

「隆さん……もっ、早くぅ……」

「は……錬……錬っ」

素直にねだれば、隆仁はそれに応えるように腰をうねらせながら突き上げてくる。首筋にかかる荒い隆仁の息すら熱く感じて、身体がぶるっと震えた。先端は帯電したようにぴりぴりとして、弾けそうだ。

「ああっ、隆さんも、いい？　……もう、イける？」

「もう少し……だけ、我慢して」

「ふあっ！」

ぐっと勢いよく穿《うが》つように突き上げられ、頭の中で何かがスパークする。

それで達せたかと思ったのに、我慢しすぎたせいか疼くばかりで達することができない。もどかしさに嫌々と首を振り、必死に隆仁に縋り付く。

「あっ、あ……あ、な、なんで？　……隆……んーっ」

「大丈夫、いけるよ」

「ああっ、それ……い、いいっ」

隆仁は、錬が好きな長くてきれいな指を駆使して、ひくつくばかりの錬のものを優しく扱く。しなやかな指を触感と視覚とで感知すれば、身体の奥から熱が復活して、解放を求めてがくがくと腰が揺れる。

「やぁ……気持ちいい……気持ちい……んんっ」

「可愛いね……錬」

無心に快楽をむさぼる錬の背中をなで、首筋にキスをし、隆仁もがつがつと腰を使って突き上げてくる。

「隆さん……隆さ……んんっ、もっと、もっと！」

突き上げられながら、ぎゅっと首筋にしがみつく錬に隆仁は望むだけ応えてくれた。


ふっと目が覚めた錬は、見慣れない天井に一瞬戸惑ったが、すぐにここは隆仁の家だったと思い出す。

「ん……まだ朝じゃない、か」

ぐっと深く眠り込んだせいか、妙にすっきりと目が覚めた。

けれど部屋の中は真っ暗で、時計を見ればまだ四時前だった。

——寝直そ……。隆さんも寝てるし。

そう思って眠る恋人の顔をのぞき込むと、そのまま目が離せなくなる。

伏せたまつげの影すら色っぽい、美しい顔。

微かに開いた唇の柔らかさと熱さを堪能したほんの数時間前のことを思い出せば、それだけで身体が火照る。

隆仁を奥まで受け入れたまま、あのきれいな手で扱かれて何度も脈動しながら達してしまった。

まるで一回で十回分射精したかのような、頭の奥までしびれるような快感に戦慄《わなな》き、隆仁の熱を身体の奥で受けとめた気持ちのよさは、最高だった。

布団から出ている隆仁の手を見ているだけで、ぞくっとしてまた身体が熱を帯びてくるようだ。

――寝直せそうにないなぁ。

隆仁を起こすのも悪いが、ただ見ているだけなのも辛い。

どうしたものかとしばし考え、冴えた頭とは裏腹に鈍い怠《だる》さを主張する身体をそっと起こしてベッドから抜け出した錬は、いつも鞄に入れているスケッチブックを取り出した。

動く度に昨夜無理をした身体は悲鳴を上げるが、創作意欲であふれ出た脳内麻薬物質が痛みを押しのける。

錬は思うがままスケッチブックに鉛筆を走らせた。

どれくらい経ったか感覚がないが、ラフスケッチを十枚ほど描き散らしたところで、隆仁のまつげが軽く震えて持ち上がる。

「……錬、くん？」

起こさないよう遠慮してベッドサイドのランプの灯りだけで描いていたのだが、起こしてしまったようだ。

寝起きのかすれた声も色っぽいなーなんて思いつつ、起こしてしまったことを謝る。

「ごめん、眩しかった？」

「いいえ……」

言いながらも眩しげに目を擦る隆仁に、悪いことをしたと眉をひそめると、隆仁も心配げに眉をひそめる。

「どうしました？　眠れない？」

「いや、ちょっと目が覚めて……何か急に創作意欲が湧いたから描いてただけ」

「そうなんですか」

寝顔も色っぽかったけど、寝ぼけ眼《まなこ》で目をしょぼつかせながら微笑むのも色っぽい。

にまにましながらさっき自分が描いた寝顔を見返せば、隆仁も興味を惹かれたのか軽く上半身を起こしてスケッチブックをのぞき込む。

そうして、ぱっちりと目を見開いた。

「なっ、何を描いてるんです」

「顔」

隆仁は、錬が自分の手を描いていると思ったようだが、寝顔だったのに驚いたようだ。

「恥ずかしいから、やめてください」

「やだ。俺は、好きなものは描きたくなるって知ってるでしょ」

無防備な寝顔をじっと見られるのは恥ずかしいかもしれないが、きれいだったし、隆仁の顔が——隆仁そのものが好きだから描きたい。

これまでほとんど人物画を描いてこなかったのに、自然と描きたくなったのだ。

「俺、これまで人物画を描きたいなんて思ったことないのに。本当に好きだと、描きたくなるもんなんだなぁ」

「錬くん……」

「隆さん……照れてる？　可愛い」

隆仁は枕に顔を突っ伏しているが、隠れていない耳が赤い。恋人に「好き」と言われただけで照れるなんて可愛すぎる。

「隆さん。今度、隆さんの手だけじゃなくて、全身像を描かせてよ。ピアノ弾いてるとことか、描きたいな」

赤くなった耳元で囁けば、隆仁は苦笑いをしつつそっと顔を上げる。

「……その絵は、私だけのものにさせてくれるのなら、いいですよ」

「またそうやって欲張る」

「私は、いつだって君に関しては欲張りなんです」

長い腕を伸ばし、隆仁は錬を抱き寄せて自分の上に引き倒す。

「ちょっ、隆さん！　重いでしょー」

「幸せの重みです」

上から見下ろせば、隆仁は長い指で錬の顔にかかる髪をかき上げ頬をなでる。

優しくて可愛くて、時々欲張りになる恋人に、困ってしまうが嬉しくって顔がにやける。

「ずっと君を感じていたい。誰よりも近くで、ずっと」

「俺もだよ、隆さん」

微笑む唇にキスしてくる隆仁に、錬からもキスを返した。

あとがき

はじめまして。もしくはルチル文庫さんでは十二度目のこんにちは。

高校の美術部で油絵を描く際に割烹着を着ていたので、部内でのあだ名が「お母さん」だった金坂です。


今作はギャラリーが舞台ですが、ギャラリーではアーティストさんと直接お話しできることが多いので好きなんです。

そんなわけでギャラリーに出かけた、とある冬の日。

時間を間違えてオープン前に入り込んでしまい、まだオーナーさんがお掃除中だったので謝って出て行こうとしたら「寒いからここにいなさい」と言っていただき、ロマンスグレーのオーナーさんとしばらく二人きりでお話をさせていただきました。

オーナーは、若い頃にアーティストになりたかったが諸事情あって夢は叶わず。

だから退職してから若いアーティストたちの助けになりたい、と自宅を改装してギャラリーを始められたとのこと。

その話を聞いて、イケオジは志までイケてるわーと感動しました。

それ以来、ギャラリーオーナーさんにお会いしたらオーナーになったきっかけを訊ねるようになったのですが、事実は小説より奇なり。いろんな物語がありました。芸術にまったく興味がなかったのに一枚の絵に心を奪われ、気がつけば脱サラしてギャラリーを始めていた、なんて方もいらして、とっても興味深かったです。

だからいつかギャラリーの話が書きたいと思っていたので、この話が書けてよかったです。


ギャラリーオーナーと恋に落ちるのは、やっぱりアーティストがいいよねということで、お相手はつなぎが似合う油絵画家に決定。

圧倒的安定感で『末は共白髪で縁側でまったり』が確定のラブラブな二人にしたい！　という野望の元に書きました。

幸せな二人の膝の上には猫、そしてお茶菓子もって遊びに来る孫もほしいぞ、ということで猫と赤ちゃんも投入。

好きな要素だらけで楽しく書けました。


『狸に間違われた猫』フクちゃんには、モデルが存在します。

家に来る野良猫に「狸っぽいしっぽの子がいるな」と思っていたところ、近所に住む友人も「狸がいる！　と思ったら猫だった」と狸と見間違えたと言っていたので、あの子は『ほぼ狸』と認定しました。

最近は縄張りが変わったのか見かけなくなったのですが、また会えたらモデル代として煮干しでも進呈したいので、ぜひ来てほしいです。

今回は、以前にも『猫とアーティスト』を描いていただいた鈴倉先生に、またも素敵なアーティストと可愛いニャンコを描いていただけて幸せでした！

鈴倉先生がキャララフにちょこっと描いてくださった美登利さんが「ふくふくフクちゃんキュートなお手々～」と歌ってる落書きが可愛くって、担当さんと二人で「歌っちゃいますねぇ」とデレデレしておりました。

表紙では麗しいほどにきれいな錬が、口絵ではがっつりとイケオジな隆仁を引き倒しているのが色っぽくって、悶絶してしまいました。

鈴倉先生、極上の幸せをありがとうございました！

ここまでお付き合いくださった皆様にも、大感謝です。ありがとうございました。

少しなりとも楽しんでいただけましたのなら幸いです。

二〇二〇年　八月　　ヒマワリの種実る頃　金坂理衣子

✦初出　御曹司社長の独占愛は甘すぎる……………書き下ろし

金坂理衣子先生、鈴倉 温先生へのお便り、本作品に関するご意見、ご感想などは
〒151-0051 東京都渋谷区千駄ヶ谷 4-9-7
幻冬舎コミックス　ルチル文庫「御曹司社長の独占愛は甘すぎる」係まで。

幻冬舎ルチル文庫

御曹司社長の独占愛は甘すぎる

2020年9月20日　　第1刷発行

✦著者　金坂理衣子　かねさか りいこ

✦発行人　石原正康

✦発行元　株式会社 幻冬舎コミックス
〒151-0051 東京都渋谷区千駄ヶ谷 4-9-7
電話 03(5411)6431［編集］

✦発売元　株式会社 幻冬舎
〒151-0051 東京都渋谷区千駄ヶ谷 4-9-7
電話 03(5411)6222［営業］
振替 00120-8-767643

✦印刷・製本所　中央精版印刷株式会社

✦検印廃止

ISBN978-4-344-84736-1　C0193　Printed in Japan

［ドッグカフェで幸せおうち生活］
金坂理衣子
イラスト サマミヤアカザ
恋人も家も仕事も失いわんこ２匹と車上生活をしていた渚。「わんこと一緒に寝かせてあげる」と現れた雄大は、豪奢なマンション住まいの有名デザイナー（無類の犬好き）。渚が作った軽食にいたく感動し、わんこたちと自分専用のドッグカフェをやってほしいと斜め上のお願いをして強引に同居開始。傷心の渚は、やがて雄大の温かい人柄に癒されて――。
本体価格680円＋税